〔日〕
乙一
著

箱庭
图书馆

箱庭図書館
Otsuichi
潘璐 译

人民文学出版社
PEOPLE'S LITERATURE PUBLISHING HOUSE

著作权合同登记号　图字 01-2020-1015

HAKONIWA TOSHOKAN by Otsuichi

Copyright © 2013 by Otsuichi
All rights reserved.
First published in Japan in 2013 by SHUEISHA Inc., Tokyo.

This Simplified Chinese edition published by arrangement with
Shueisha Inc., Tokyo in care of Tuttle-Mori Agency, Inc., Tokyo
through Pace Agency Ltd., Jiang-Su.

图书在版编目（CIP）数据

箱庭图书馆/（日）乙一著；潘璐译. —北京：人
民文学出版社，2016（2021.4 重印）
ISBN 978-7-02-011577-8

Ⅰ. ①箱… Ⅱ. ①乙… ②潘… Ⅲ. ①短篇小说-小说集-
日本-现代 Ⅳ. ①I313.45

中国版本图书馆 CIP 数据核字（2016）第 080675 号

责任编辑：张海香
特约编辑：陶媛媛

出版发行　人民文学出版社
社　　址　北京市朝内大街 166 号
邮政编码　100705
网　　址　http：//www.rw-cn.com
印　　制　山东临沂新华印刷物流集团
经　　销　全国新华书店等
字　　数　105 千字
开　　本　787×1092 毫米　1/32
印　　张　8.625
版　　次　2016 年 6 月北京第 1 版
印　　次　2021 年 4 月第 7 次印刷
书　　号　978-7-02-011577-8
定　　价　49.80 元

目　录

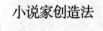

小说家创造法

1

　　熟识的编辑说，小心谨慎的人在写文章时会频繁使用标点，而奔放大胆的人则较少使用标点。当真如此吗？说起来，我一般不会在"我开始写小说了"这句话之间加标点，不过，会不会在"我"后面加上逗号，把这句话一分为二更好呢？我会纠结这种问题是因为一位读者的提问。

　　"我本人也写小说，但总是把握不好应该何时使用标点。请教一下，您是从什么时候，以怎样的契机开始写小说的呢？"

　　在此之前，我谢绝了一切采访，而且前两本书里也没有作者后记这种东西。今天，我首次得到了讲述个人经历的机会。这个机会来之不易，既然读者在信里问到了，那么我也想试着将自己开始创作小说的心路历程通过纸笔记录下来。

　　那是小学五年级的一个秋日，我孤零零地坐在教室里对着"班级日志"发呆。落日的余晖从窗口倾泻而入，把黑板、课桌都染上了一层金黄。操场传来阵阵欢声笑语，眺望窗外，一群男生在嬉笑打闹，夕阳把他们的背影拖得很长很长。

午休时间和放学后，我通常会和很多朋友外出玩耍。那天我也想赶快出去找他们玩，但是正好轮到我值日，必须在回家前写好"班级日志"交给老师。然而，我却迟迟写不完。日志里有一个栏目叫做"感想"，我实在想不出应该写些什么才好。现在回想起来，就像其他同学那样随便写上两笔不就行了吗？比如"今天好累啊"或"今天很开心"之类的。我攥着铅笔苦思冥想，脑海中依然一片空白。但是，总不能空着这一栏交上去吧。突然，我灵机一动，那天语文课上讲到"尝试创作虚构作品"，老师让我们在课堂上充分发挥想象力，写出有趣的故事。平时，写读后感和日记总是让我十分头痛，可是自由创作的时候，不知为何我的心却雀跃不已。

于是，我在"感想"一栏写了一段故事，我想这总比空白强点儿吧。现在回想起来，没挨骂真是幸运。如果碰上死脑筋的老师，一定会觉得我在瞎胡闹吧。不过，我们的班主任H老师可不是那种人。我去办公室交日志的时候，他当着我的面读完我的文章，问了一句"然后怎么样了？"

"我只能写下这么多。"

"感想"一栏太小，写不下更长的文章。H老师沉思片刻，从书桌抽屉里拿出一本崭新的笔记本递给我。

"如果你还想接着写的话，就写在这上面好了。"

H老师一定看出了我对创作充满兴趣。他又补充说："要是写出后续，也给老师看看吧。"

从那天起，我就开始在那个本子上写故事，并送去给 H 老师阅读。那时的我比现在更勤快，若是计算字数的话，平均一天能写满三张四百字的稿纸。我每三天交给老师看一次，也就是说，H 老师每次要看九页稿纸长度的文章。

至于故事的内容，实在太惭愧了，请恕我不想说太多，不过简单说来，就是一个有朋友和家人实名登场的科幻小说。写小说的事一直在暗中进行，每次把笔记本带去办公室的时候，我都要煞费苦心不让同学发现。这个写满故事的笔记本是我和 H 老师之间的秘密。H 老师不善言辞，很少对我说他的感想，不过这样反而更好。取而代之的是，他每次都会在文章末尾用红笔写上阅读时间。每当看到这行红字，我都心花怒放，因为有读者在阅读我写下的文字，有听众在倾听我默默表达的心声。

寒假结束，第三学期①开始之后，我依然保持了写小说的习惯。笔记本的空白页所剩无几，为了节约空间，我尽量把字写小。越接近封底，文字的行间距就越密。然而，下一学年，H 老师就不再担任我们的班主任了，于是我只好疯狂赶工，草草结尾。那时我还缺乏巧妙收束故事的技巧，小说在混乱中收场。读完最后一章，

---

① 第三学期：日本小学到高中均采取三学期制，分别为四月至七月、九月至十二月、一月至三月。

H 老师罕见地发表了看法："结尾不够精彩啊。"

那时，我是为了 H 老师这位读者写作的。并不是随心所欲想到哪儿写到哪儿，而是时刻意识到一种客观的看法存在，而进行创作的。也许正是有了这种经验，现在我才能出书吧。

如今，我默默期待着，会不会有一个孩子读完这篇后记之后，也像我当年一样在笔记本上写下故事送给老师看呢？

2

咣当——楼下响起惊天动地的关门声。

正在读书的我抬起头。

"我回来了!"

潮音的声音传来,接着是上楼的杂乱声音。我看看墙上的挂钟,居然已经是黄昏时分了。装病逃学的快乐时光为什么总是转瞬即逝? 房间的门一直开着,我看见潮音穿过走廊从门前一闪而过。她身穿高中校服,一只手拎着书包,另一只手紧紧握着文库本,食指夹在书里充当书签。

身为高中生的姐姐潮音是铅字中毒患者,无论何时只要手上没书就会心神不宁。她把书架放不下的书都堆在自己房间的地板上,连下脚的地方都没有了。那些和我一般高的书山总让我想起电影中纽约市林立的高楼大厦。

姐姐爱书爱到有点儿走火入魔的地步。她在放学回家的电车上看书,因为太在意故事的发展以至于到站都不下车。每当这时,父母只好开车去终点站接她。就算她的理智起了作用,到站下了车,也会因为沉迷读书而放弃回家。

某年冬季的一天，到了晚饭时间姐姐还没回家。妈妈很担心，打手机也打不通。姐姐好像关机了。妈妈灵光一闪，对我说："小太，你去电车站看看。小潮可能在那里。"

外面寒风刺骨，我实在不想出门，但是没办法，只得从被炉中爬出来，呼着白气朝车站走去。天已经黑了，澄澈的夜空中，狮子座在闪闪发光。

潮音端坐在车站的长凳上痴迷地读书。她双腿并拢，脊背挺直，膝头上摊放着一册单行本。长凳上方有一盏路灯，黑暗中，唯有她坐的地方被灯光照亮。

"你手机怎么回事？"我走近发问。潮音没有抬头，只是竖起食指贴近嘴唇。微张的双唇周围白气氤氲。她这是叫我不要说话吗？

正当我发愣的时候，开始下雪了。晶莹的雪花只有被灯光照亮时才能看清。雪花悄然落在潮音纤瘦的肩膀和翻动书页的手指上，迟迟没有融化，可见潮音的身体已经快冻僵了。不好！这样下去她就冻死了！我着急起来。

"我听到手机响了。但是故事正进行到高潮，所以我就关机了。"

潮音说明了电话不通的原因。我催促她回家，她正好看完一章，这才不情愿地起身和我回去。如果我不来找她，说不定她会一直读下去，直到稀里糊涂地冻死在车站吧。潮音合上书本，从长凳上站起来，这时才察觉到了寒冷，立刻牙齿打架，咯咯作响。

据说我这个姐姐从车站回家的路上会一边走一边看书。刚才看到刚回家的潮音把食指夹在书里的样子，可以证明传言属实。

潮音冲回她自己的房间后，我又接着开始看书。书桌上摊放着从小学图书室借来的书。受姐姐影响，我也渐渐成为书虫。午休时，同学都在操场踢球，而我却独自来到图书室找潮音推荐的书翻看。这个时间，还有几个与我一样不合群的孩子零落地窝在图书室里。一想到明天要还书、不得不去上学这件事，我就忍不住叹息。

我重新埋头于书本，刚读了几分钟，就听到潮音的房间传来嘈杂的声音，并伴随着一声尖叫。我起身来到走廊，察看姐姐房间的动静。弥漫的灰尘中矗立着一座巨型书堆，看来是纽约的水泥森林崩塌了。书堆里露出校服短裙和两条腿，我抓住那两只脚腕用力一拽，潮音被拖出来的时候依然死死攥着正在看的那本书。"呼——"她长舒了口气。

"小太，谢谢你救了我一命。"

潮音挪开脚下的书，收拾出仅能容身的一小块空地盘腿坐下，又若无其事地开始看书。刚经历了被书山活埋这么惊险刺激的事，居然还能如此淡定。我默默吐槽着回到自己房间。

如果没有读完整个章节或者整本书，潮音是不会放下书去吃晚饭的。父母也早就见怪不怪，对这个女儿听之任之了。那天，潮音读的好像是一部短篇集。一个故事结束后，她总算从神游中回到现实世界，按时出现在晚餐餐桌前。

"我突然发现，我房间的书怎么乱七八糟的?"

潮音一边吃菜，一边爆出惊人之言。我吓了一跳，把刚才发生的事说了一遍。痴迷于读书的姐姐似乎已经把自己差点儿被活埋的事忘得一干二净了。父母让潮音把书卖掉或扔掉一些，书太多容易发生危险。我也认为这样比较好。如果一直放任不管，再过不久，书就会把地板压塌吧。

"那就把一部分书放到你的房间吧。"

晚饭后不久，潮音纤瘦的手臂吃力地搬着装满书的纸箱来到我的房间。她刚洗过澡，头发还没干。

"把这些都扔掉算了。"

"不要!"

"为什么要放在我的房间啊?"

"因为你房间的书架不是还空着嘛。"

不等我回答，潮音就开始把书本摆进我的书架。

"我想重读的时候会来拿的。我不读的时候你也可以读。"

对这种只顾自说自话的姐姐，弟弟发通火也不为过吧。干脆拍案而起把她赶出去算了。然而，就在我犹豫不决之时，潮音已经把书都摆好了。

她看到我桌子上的教科书，就饶有兴趣地拿起来。

"小学教材五颜六色的，真有意思。"

她一边翻看我的算术课本一边发表评论。姐姐的行动一向让人摸不着头脑，所以我放松了警惕。我看着姐姐搬来的书，心不在焉地想她差不多也该走了吧。因此，当她发现我桌上的笔记本时，我根本来不及反应。

　　为了不让家人发现，那个本子我真应该更加小心地藏起来才对。潮音伸出手，一把抓过那个笔记本。不等我阻止，她就哗啦哗啦地开始翻看。当然，我慌忙把本子抢了过来。这是明天必须要交给老师的本子。潮音一脸惊异地盯着我，她好像已经看到里面的内容了。

3

　　H 老师赠送的笔记本我至今珍重地收藏着。时隔多年，我把它拿出来，一边翻看一边写下这篇后记。那褪色的封面和铅笔写成的字迹勾起我无限怀念。老师用红笔批阅的日期也依然清晰如昨。直到最后一页，那红色的数字等间隔地排列在一行行铅笔字之中，让我回忆起与老师的那段情谊。

　　我成为作家并出书的事，H 老师也许已经有所耳闻。H 老师，如果您读到这篇后记，请知会我一声。

　　2011 年 某月某日　作者·山里秀太

4

"这个放在小太房间可以吧？总是麻烦你，真不好意思。"

临睡前，姐姐潮音穿着宽松的睡衣，抱着纸箱来到我房间。箱子里塞满了她房间放不下的书。和往常一样，不等我回答，她就开始往我的书架上码书。前几天新添置的书架上已经摆满了姐姐的书。我在玩掌上游戏机，玩得正入迷，没空搭理姐姐。反正她放好书很快就走人了吧。但是，姐姐在书架前半天都没有动静，我不经意抬头一看，发现她居然站在那里看起书来。估计是她整理到一半，拿起一本曾经读过的书翻看，然后就忍不住读下去了。

"喂！"

听到我的招呼，潮音一惊，猛然回过神来。她开始摆放剩下的书，但是稍微不留神，她又不知不觉拿起其他书看起来。如此这般，她花了很长时间才把书摆完。

看看表，时间已过午夜零点。静谧的冬夜，游戏机发出的音乐在房间里回响。

"这些书想看的话，就随便看吧。"

潮音拿起空箱子正准备离开，忽然发现桌上的那本书，又停下脚步。那是山里秀太的新书。

"装帧很不错嘛。纸张的厚度和质感也很好。"

潮音拿起书，一边像在感受书的重量似的轻轻掂量，一边细细观察。

"你读过了？"我关掉游戏机，问道。

"嗯。"潮音点点头。

"后记也读了？"

"当然读了。"

"后记你觉得怎么样？"

这本新书的后记中记述了作者在小学时代与班主任的交流。我想知道潮音读了这篇后记有何感想。潮音瞥了我一眼，视线又落到书本上。

"问人家小说本身的感想也就罢了，居然还问关于后记的感想，很少见啊。"

"说的也是。"

潮音微微一笑，随后正色地说："不过，这篇后记有些令人在意的地方……"

潮音翻开到后记那页，沉默不语。游戏机关闭以后，屋里异常安静，空调里吹出热风的声音显得格外清晰。

"这个作者在撒谎。"

潮音字斟句酌地说。她漆黑的大眼看向我，好像在观察我的反应。

"撒谎？怎么撒谎的？"

"这个作者在笔记本上一段一段地写小说，按时交给老师看，对吧？"

"对啊。"

"每次，老师读过之后，都会在新写的那段最后用红笔写下日期。后记上说'直到最后一页，那红色的数字等间隔地排列在一行行铅笔字之中'。"

"没错。"

"等间隔也就是说每个日期与日期之间都隔着三天的写作量。"

"因为笔记本是三天交一次嘛。"

每隔写满九张四百字稿纸的长度，也就是每隔三千六百字就有一个红色的日期。

"但其实不会出现这种情况。这是不可能的。"

"为什么？"

"作者写道：'笔记本的空白页所剩无几，为了节约空间，我尽量把字写小。越接近封底，文字的行间距就越密'。果真如此的话，H老师批注的日期就不可能是等间距出现。越接近封底，日期与日期的间隔应该越来越小才对。如果每次上交的文章字数差不多，就应该是这样的，对不对？"

"是作者粗心写错了吧?"

"如果真是这样,编辑和校对应该指出来呀。但是,书出版时问题并没有修正,可见作者有意保留了这个矛盾点。"

"作者为什么要这样做?"

"是希望某人觉察到这一点吧。也许后记里隐藏着只有觉察到矛盾的人才能看出的真相吧。"

"真相?"

"当然这只是我的想象,比如,老师批注的日期其实并不存在。换言之,这篇后记的大部分内容都是虚构的。事实上,学生与老师并没有这样的交流。保留这个矛盾点也许就是为了暗示这个事实。但是,作者究竟为何要写这篇后记,就只能问山里秀太本人了。喂,小太,到底是为什么呀?"

潮音询问似的看着我。姐姐一直都叫我"小太"。山里秀太是我的真名,家人不叫我"小秀"而叫"小太",是因为姐姐叫"小潮",大概为了在发音上明确区分,因此就叫我"小太"了①。

---

① 日语中,"小潮"和"小秀"这两个名字发音相似。

5

新书上市不久，H老师的信就寄到了出版社，并与其他读者来信一起转寄到我家。H老师在信里说，读完这篇后记，对当年之事深感后悔。

读过老师来信的第二天，姐姐潮音叫我到附近的河堤去。那天阴云密布，寒风刺骨。潮音在枯草丛生的堤防下方，坐在砖块上看书。通勤的自行车停在旁边。姐姐翻动书页的手指冻得通红，反正她也感觉不到。至少在读书时是肯定感觉不到的。我和她打招呼，她竖起食指立在嘴唇前，嘴里呼出缕缕白气。不读完一章就不停下，姐姐一贯如此。

潮音高中毕业后，进入文善寺町的图书馆工作。她一直没有对象，父母对此十分焦虑。不过，最近她身边终于出现了一个男人的身影，于是家里人都松了口气。大家都希望她赶紧结婚，然后把藏书全部转移到新家去。

姐姐读书的时候，我也拿出 iPad 开始读一本没读完的书。我的 ipad 里有几十部电子书，如果潮音的书全都数码化，那我的房间就整洁多了。但是，姐姐对此嗤之以鼻，坚决反对。

iPad 和 Kindle 上市以来，也带动了电子书的热销。每次与编辑见面时，都会聊到这个话题。有时还会收到某公司寄来的契约书，询问能否将我过去的作品制成电子书。据说，我计划出版的新书将会以纸质书和电子书两种形式同时发售。有很多人都像潮音一样，决不接受非纸质书。不少编辑也持这种观点。不过，我本人对于通过液晶屏看书感到很满意。如今，大多数作家整天都是对着电子屏幕写小说，小说的诞生也是在屏幕中，只在最后的最后才会在纸上读到完成品的小说。所以，我本人对于纸质书的执念并不如编辑那么强烈。

看书看烦了，我又开始用 iPad 查邮件，此时潮音终于合上书。她好像已经读到了一个章节结束的地方。如果姐姐读的是那种不分章节的小说，说不定我们俩今天就要冻死在这里了。

"不好意思啊，特地把你叫出来。那孩子还好吧？"

潮音用暖宝宝暖着手指。"那孩子"指的是我朋友，是我高中时代结识的唯一一个能够谈心的好友。

"还是老样子。"

"那孩子说过读完的感想吗？"

"那家伙还没读过吧。反正肯定狗嘴里吐不出象牙来。"

"是啊。对了，那个东西你带来了吗？"

我从包里拿出笔记本。

那是我小学五年级时用的本子。

"给我。"

潮音伸出手。

"你说让我把这个给你？"

"对。"

我不太愿意让别人看这个笔记本。但是，潮音早在十三年前就已经读过其中的内容。我把本子放在姐姐手上。

"我说，你为什么要写小说呢？我对写作没有兴趣，对于读书只算是一般喜欢吧。"

"只算是一般喜欢？姐，你太低估自己的水平了。"

姐姐不抽烟，所以打火机大概是从便利店买的，好像还是新品。不知是因为手指冻僵了，还是因为用不惯打火机，潮音怎么都打不着火。她把手伸到嘴边不住哈气。

"回到刚才的问题，你为什么要写小说呢？"

她再次尝试点火。

"有很多原因啦。顺其自然就写了，还有想让朋友看看。但是，最大的原动力应该是复仇心吧……"

喀嚓一声，冒出火焰。

潮音将火苗凑近笔记本的一角，瞥了我一眼。

"你不阻止我吗？我要烧了哦。"

"烧吧。我也觉得应该烧掉。"

我写小说的原因和动机就是为了报复小学时代的老师和同学。我要赚大钱，我要出人头地，有朝一日我要让他们艳羡地仰望我，让他们都后悔当年没有和我搞好关系，没和我成为朋友。我要让他们悔恨得顿足捶胸。正因为如此，我坚持用本名出书。让他们每次在书店或杂志上看到我的名字都悔不当初。活该！

　　"你还真是小肚鸡肠的男人呢。"

　　"可不是嘛。"

　　在火苗的炙烤下，笔记本的一角开始焦黄卷曲，终于燃烧起来。这个本子就是我写作的动力。后记里写的几乎全是假的，不过，我的确曾经让老师看过本子里的内容，然后，我深深体会到想法与感情无法传达给对方的痛苦。老师把笔记本丢给我，说这些都是你瞎编的吧。老师似乎无法相信自己负责的班级会发生这种事情。笔记本上写着无数个"去死！"这是全班男生和女生一人一句给我留下的讯息。但是，H老师却认为笔记本上的内容是我捏造的，并怀疑我故意把这种东西拿给他看究竟是何居心。

　　笔记本的封面逐渐被橙色的火焰吞没。冬季昼短夜长，再加上阴霾多云，那团火焰在幽暗的天色中格外眩目，照亮了我和潮音的面孔。我们抓住这个难得的机会，努力烘烤双手取暖。

　　"小太写的小说很有趣，也很感人。"

　　潮音凝视着火苗，晶莹的黑瞳反射着火光。

　　"铅字中毒患者都这么说的话，那我就放心了。"

"这样的作品是怎么写出来的呢?"

"我设想了一个读者,就像后记里 H 老师那样的读者。"

"你是说读者在你的头脑里?"

"一直都在,他是一个讨厌学校的少年读者。"

那孩子讨厌老师和同学,痛恨一切。没人倾听自己的心声,没人理会自己的看法,世界虽大,却没有自己的容身之所。我写作时,总会试图想象这个虚构的少年读过之后的感受。至少,我不想写出会让他觉得背叛与难过的东西。

"那孩子就是当年的小太吧?"

纸张受热卷曲,一张张被火苗吞噬。我有点儿想哭。火星随风跃动,飘上虚空,冷却后又化为白灰翩然落下,宛如纷飞的雪花。

便利店日和! ①

---

① 日和，日文中有"好日子""好天气"之意。

1

　　此刻，我所在的便利店既非 7-11，也非全家或迷你岛 ①。与其说这是一家便利店，倒不如说更像是在一间昔日的酒馆里，摆满了杂货，挂上便利店风格的招牌。这里不提供自动取款机和复印机，顾客也寥寥无几。几分钟的路程之外就有一个干净整洁的著名连锁便利店，我是顾客的话，肯定也会选择那里。这家店里一盏荧光灯接触不良，总是忽明忽暗，再加上灰暗的墙壁，人在里面呆久了都会倍感压抑。另外，由于店主缺乏安全意识，店里连监视器都没有，只在天花板上安了一个凸面镜。说起来，面朝马路的一侧也不是玻璃墙，只是普通的墙壁。一般便利店面朝马路的那侧都装有玻璃墙，并摆放着杂志架，进店阅读杂志的顾客会面朝马路站立，营造出店里有客人的氛围。据说，这样做居然还有预防犯罪的功能。另一方面，店里有人会让外头的路人在心理上更容易踏进店门。然

---

① 7-11、全家和迷你岛均为日本连锁型便利店，以提供日用品、快餐和便利服务为特色。

而，这家店的店主却全然未曾考虑过这些要素。

我穿着店员的围裙站在收银台前，对面是一位胖胖的大妈。我从购物篮里把商品一件件取出扫描条形码。这台古旧的收银机的外壳原本应该是白色的，现在大部分已经泛黄了，而且很难顺利扫出价格。正当我与收银机较劲的时候，大妈不耐烦地咂咂嘴："你麻利点儿行不行？"

"十分抱歉。"

我到底在干什么啊！瞬间，我觉得自己所做的一切都毫无意义。不过，就算在家呆着，也没有特别想做的事情，我既没有热衷的兴趣爱好，也没有可以谈天说地的伙伴。

店内货架上那台天线高高竖起的小型收音机正在播放充当商店背景音乐的电台节目。我在跟大妈道歉时顺便看了一眼手表，差三分十点，很快就要打烊了。这家便利店的最大特点就是并非二十四小时营业。外面那块暗紫色的招牌上明确写着"早七点开门，晚十点关门"。顺带一提，我穿的围裙也是暗紫色。这种难以形容的暗紫色总让我联想起小学美术课时污浊不堪的洗笔水。我真不明白店长为何要选择这个颜色作为标志色。

扫完全部商品的条形码，屏幕显示出金额，大妈从钱包里拿出钱交给我。

这时，收银台里侧的一扇门打开，岛中走了出来。门的另一侧是小时工的休息室，再里面是办公室。岛中站在我身边，帮忙把商品装进塑料袋。

岛中千夜理今年二十岁，比我小一岁。我们就读于同一所学校，在同一个地方打工。她五官端正，一头长发束在脑后。其实，她向打工处的前辈（不是我）借了钱，最近正因为还不上钱而烦恼。

"谢谢惠顾！"岛中响亮地向客人道谢。大妈提着袋子推开对开的店门走出去，夏日的热气涌进店内。大门上方闪着幽幽蓝光的诱蛾灯引来前赴后继的飞虫，不时发出噼啪的爆裂声。大妈的背影消失在暑气蒸腾的黑暗中。该打烊了，我正想着，另一个客人就上门了。

那个男人身材很高，身穿T恤衫和牛仔裤，空着手，没有拿包，身材偏瘦，满脸胡茬，给人感觉"在不叫座的乐队干了十几年吉他手，目前失业。"

"学长，请你告诉他我们打烊了，让他回去吧。"岛中用只有我能听到的声音低语。

"什么？要说你去说！"

男人摇摇晃晃地走向商店里面。

"那我们要等到什么时候才能回去啊？"

岛中噘起嘴，厌烦地摇摇头，拿起抹布在收银台内侧东擦西擦。那里摆着快递单、香烟盒，小时工穿的暗紫色围裙揉成一团胡乱塞在一个纸箱里。这家店的管理实在太混乱了。

虽然打烊时间已过，那个男人却丝毫没有离开的意思。他在店里转了一圈又一圈，是要找什么东西吗？又不像。刹那间，我自己的身影与他重叠在一起。上大学后，我开始一个人生活，常常漫无目的地走进附近的便利店，逛了半天却发现自己根本没有想买的东西，最后又空着手回去。

　　再过一分钟，身边的岛中一定会忍不住咂舌。

　　我悄悄瞄了她一眼，发现她居然十分平静。她停下手头的工作，仔细观察那个男人的一举一动，然后小声对我说："你不觉得奇怪吗？"

　　"哪里奇怪？"

　　"那个人不时朝这边偷看，好像在犹豫该不该出声。而且，他似乎很在意会不会再有客人上门……"

　　男人停在文具货架旁边。由于中间还隔着方便面货架，所以从收银台这里看不到男人的全身。越过货架上层的杯面，他鼻子上方的面孔时隐时现，目光游移不定，一副心神不宁的样子。之前我没有留神，被岛中一说才意识到那个男人确实形迹可疑。

　　"不会是强盗吧？"岛中说。

　　"怎么可能？真是强盗就麻烦了！麻烦大了！"

　　"什么大了小了的，麻烦就是麻烦！"

　　"他大概只是在找东西。"

　　"你去问问他，你是不是强盗。"

"他要真是强盗怎么办？"

"但他不像带着凶器啊。"

对啊，男人是空着手来的。

"学长，你去问问他是不是在找东西。万一真像电影里那样，他的脚腕上绑着小型手枪的话，那么只好请学长自认倒霉了。"岛中在我后背推了一把。

"喂、喂……等等。"

她笑眯眯地看着我，我很清楚她想尽快让男人买完东西离开，然后打烊回家。

"我……我死了怎么办！"

不怕一万，就怕万一，尽管那个男人是强盗的可能性微乎其微，我也不能大意。

"没关系。就算学长光荣牺牲了，对我也没什么损失。倒不如说，你死了最好。"

这个人说话总是如此不讲理。

我被她推得跨出收银台一步。男人隔着货架看到我，吓了一跳。说实话，这个人如果把头发梳整齐，把胡茬刮干净，挺胸抬头，不鬼鬼祟祟的话，应该也算英俊帅气。不过，就目前所见，他的确有些不对劲。店里的收音机依然在播放节目。我回望岛中一眼，她做出握拳的姿势，无声地激励我："上吧！学长！"

我绕过货架，走近那个男人，战战兢兢地开口："请问，您在找什么东西吗?"

"啊,对……这个……"

男人环顾货架,生硬地点点头。

他声音太小,我只听到只言片语。

"您说什么?"

我靠近他,试图听得更清楚一些。男人的全身映入眼帘,他站在文具货架前,死死盯着架子上挂的铅笔、圆珠笔、直尺等等。

"这个……吗?"男人嗫嚅。

还是听不见。男人嘴唇不动,也不知在叨咕什么。我伸长脖子,把耳朵凑近他嘴边。这时,我终于发现他脚下散落着一堆透明薄膜和撕破的纸张,那是商品包装的残骸。空着手进门的男人此刻正握着一把大型美工刀,那是刚才还挂着货架上的商品。

"我是在问:'这个,可以用吗?'"

话音未落,冰冷的刀刃抵住了我的脖子。

2

我在这里做什么？

我为什么会待在便利店来着？

这个男人到底在干什么？

刀刃轻轻抵在我的喉结下方，稍一用力就会划破皮肤吧。我身体僵硬，男人抓住我的左臂，试图像警察逮捕犯人那样，把我的手臂扭到身后。但是，他动作似乎很生疏，右手拿刀，只剩左手可以行动，结果费了半天劲才成功。

"怎么样？很疼吗？"男人问。

"不，没有很疼。"我回答。

"那这样呢？"

"啊，好疼！疼死了！我动不了了。"

男人站在我身后，右手用美工刀抵着我的喉咙，左手把我的左臂拧到背后固定，这不就是强盗劫持人质的那一套嘛。

"打开收银机！"低音炮般的声音从我身后传来。男人对呆立当场的岛中发出命令。他的嗓音和手都在微微颤抖，因此刀刃也时而接触到我喉头柔软的皮肤，时而微微离开。保持着这种姿势，男人用力把我拽向收银台，而我只得顺从。我与神情紧绷的岛中四目相接，此刻恐怕我们脑海里浮现的是同一个念头——为什么会这样倒霉！

"打开收银机。"低音炮再度响起。

"那、那个……"岛中心惊胆战地开口。

"快点儿！"

男人大喝一声，好似爆竹在店里突然炸开。岛中吓得倒退一步，撞到身后架子上的小收音机。收音机掉在地上，不响了。背景音乐消失，店里寂静无声，静得让人耳朵作痛。隔着收银台的三个人喘息相闻，我的心脏狂跳不止，宛如奔腾的骏马。

"请冷静一点儿。"

岛中像劝诱似的缓缓开口，严肃的目光扫向我背后的男人。

"不听话我就杀了这小子！"男人恐吓道。

"这个嘛，倒是无所谓。不过，请听我说句话好吗？"岛中回答。

无所谓？这可是我的命啊！

"我这就把收银机打开，但是……"

"少废话！快点儿！"

岛中瞥了我一眼，动手操作起来，"叮"的一声，收银机打开了。但是，从收银台另一侧看不清里面的东西。

"别乱动！后退！"

岛中离开收银机。男人一边留意她的行动，一边伸长脖子窥看收银机。沉默数秒，男人心烦意乱地咒骂："搞什么鬼！"

"这家店就是这样，生意很差。"

收银机里几乎没钱，一张纸币都没有，只放着刚才那个大妈付的几枚硬币。

"多少还有一些吧！给我好好找！"

扭住我左臂的力道又加重几分。好疼！我忍不住呻吟。可惜这里根本没人可怜我。

"再怎么找，没有的东西就是没有。"岛中耸耸瘦小的肩膀。

"我真会杀了他你信不信！"男人叫嚣。

"想杀就杀呗。这种废物活着也是浪费资源。他唯一的乐趣就是打网络游戏。"

"我真要动手了！"

"请便，要动手就干脆点儿。反正这人没有梦想，没有爱好，每天只知道吃了睡，睡了吃，浑浑噩噩地混日子。对社会毫无贡献。简直就是害虫！蛆虫！杀了他反而是给他一个解脱。"

"够了！别说了！"男人说。

"是啊，别说了。"我说。

就算这次能侥幸逃生，怀着这样的心理创伤也是生不如死啊。

男人在我身后咂咂嘴。

"那里面应该有保险柜吧。"

收银台内侧的门通向休息室，再往里走是办公室，那里有个临时存放店内收入的保险柜。但是，岛中却一口咬定："这个店才没有保险柜那种东西。店里收入那么少。而且，里面的房间正在装修，现在不能进。"

她斩钉截铁地说完，并用力拉动门把手，大门一动不动。

"你看，门锁着呢！"

岛中的呼吸也很急促。她在演戏，里面的房间并没有在装修，而且门也没有上锁。看来她已下定决心，坚决不能放强盗进去。

"再说，就算真有保险柜，你觉得我们这些小时工随随便便就能轻易打开吗？一般只有店长才能打开吧？店长大概明天才来，他打电话说身体不舒服。所以，强盗先生，你干脆什么也别做，趁早回家吧。"

男人低吼一声，拖着我往后退。我面朝收银台，看不到背后的情况，只听到男人猛踹货架泄愤的撞击声。装口香糖的盒子掉下来，散落一地。

这个强盗恐怕事先调查过店里没有监视器，其他防范设备也很落后，所以才找这家店下手的吧。不过，遗憾的是，这里没有任何油水可捞，收银机里没有钱，保险柜也空空荡荡。

"我们不会报警，请你赶紧走吧。"

岛中战战兢兢地捡起掉在地上的收音机，放回身后的架子上，指着我说："你可以把他当人质带走，也可以威胁我，如果我报警就杀了他。"

"那样你就不会报警吗？"

"我保证不报警。"

"可是，之后这家伙怎么处理？"

"找个地方放了他，或者扔到河里灭口，怎么样都行啊。"

男人不语，好像在掂量岛中的提议。一条年轻的生命怎容你们如此践踏！我开口想义正词严地教训他们一番："喂，我说……"

"你闭嘴！"

"学长，请你闭嘴好吗？"

"哦，好吧。"我还是闭嘴为好。

墙上的时钟显示早已过了打烊时间的十点，秒针滴答滴答地走动，分针痉挛似地前进了一格。

"不行。我不能空着手回去。"男低音响起。

"但是，店里真的没钱。啊，对了，店里的商品你尽管拿，好不好？"岛中试着建议。

强盗会同意吗？我屏息等待。没想到，男人似乎也觉得这样比空手而归好。

"……那好吧。"他咂咂嘴，自嘲似的说，"就连这种时候，我都这么倒霉。"

岛中"啪"的一声打开收音机开关，店内背景音乐再度响起。

这是一个选播爵士乐的电台。

男人指示岛中把商品一件件放入购物篮中。我依然保持着人质的状态。男人好像冷静了一些，不再那么激动，也不再乱踢货架了。

"强盗先生，方便面你要哪种？"

"强盗先生，你要面包吗？我推荐这个玫瑰花型的脆饼哦。"

"强盗先生，除了美工刀，你还要其他文具吗？"

岛中拎着购物篮在货架间游走自如。我的目光追随着她脑后那条来回晃动的马尾辫，一会儿向左，一会儿向右。

我和强盗背对着商店里侧的冷藏柜站立，墙上的镜子映出被刀抵住脖子面色苍白的我，以及我背后的胡茬男。他快三十了吧？刚进店时，我觉得他像个不得志的乐团成员，这个印象依然未变。一直在玩音乐，然而不知不觉间，乐团伙伴都找到工作，结婚成家了，只剩下自己一个人，被孤独感包围，无法解脱。他就长着这样一张脸。

"美味棒 ① 全要。"

岛中走到零食货架前，男人命令道。岛中把所有美味棒都放进购物篮里。店里有明太子、玉米浓汤、章鱼烧三种口味。

---

① 美味棒：一种小巧松脆的棒状零食，有多种口味，主要成分是玉米面。由 RISKA 株式会社生产，1979 年 7 月上市，至今畅销不衰。

"你喜欢美味棒呀？"岛中问。

"算是吧……"男人回答。

"美味棒一直都是十日元一根呢。"

"原料价格波动，这个的价格也没涨过。"

"因为厂家会根据情况微调产品的长度。"

男人叹了一口气。他呼出的气拂过我的脖颈，我悄悄从镜中观察他的表情。他垂眼盯着地板，不知在看什么。他似乎放松了警惕，刀刃离开我喉咙几厘米。这人怎么回事啊？我和岛中交换眼色。男人有所觉察，立刻掩饰般的说道："我小时候，曾经偷过美味棒，和朋友一起，大概四五个人吧。他们全都逃得飞快，只有我被抓。我大声呼救，但是没有一个人回头救我。店主死死抓住我的手腕。这是小学的事了，我还记得那时晚霞满天，我呆呆地看着小伙伴的背影消失在远方。"

从镜子里，我看到男人咬住下唇。美工刀再次抵住我的喉结下方，我再次感受到那种冰冷锋利的触感。

"好了，差不多够了。"

此时，岛中拎的购物篮里已经堆满了商品。

"要装进袋子里吗？"

"不，我直接连篮子一起拿走。"

"然后你就回去了，对吧？"岛中问。

"对。为了慎重起见，我还是应该把你们绑起来才对。"

他大概是想防止我们报警吧。被五花大绑扔在地上比起脖子上挨一刀好太多了。不过，我也不打算被绑着在这里呆到天亮。

　　就在这时，玻璃门的另一端突然出现一道人影。那人从夏夜那伸手不见五指的黑暗中冒出来，把自行车停在店前。岛中和强盗男注意到我的视线，也扭头看向门外。

3

据说，以前警察去便利店购物时，为了避免民众批评他们"上班偷懒"，所以按规定必须要脱掉制服，换上便服外套。但是，由于最近便利店抢劫案件增加，各地都在倡导警察穿制服出入便利店，以提升威慑效果，达到预防犯罪的目的。

男人慌忙把我拽到货架后面。他动作粗鲁，我的左臂被扭得生疼。不过，没有惨遭割喉灭口已是万幸，我松了口气。

"别出声!"男人低沉的嗓音仿佛从十八层地狱最底端传来。他又转向岛中，警告她"别多话!"

岛中点点头。你不老实，我就杀了这小子——男人的言外之意再明白不过了。

便利店的门开了，警察走进来。男人用美工刀抵住我的脖子，不时窥探大门附近的情况。一瞥之下，我只看到这个警察挺着硕大的将军肚，滚圆的体型活像一只皮球。入夜后，外面的气温也没有下降的迹象，警察用制服的袖子不住擦汗。

我和强盗紧贴在离入口最远的货架后方，屏住呼吸。

警察的鞋底与地面摩擦，发出吱吱的声响。听声音，他好像往零食货架走去了。岛中应该就在那附近。

"店开到这么晚，真少见啊。"警察的嗓音宛如少年般嘹亮。

"哦，今天是例外……"岛中说。

"你是新来的小时工吗？"

"是的。"

"店长呢？"

"他今天好像生病了。"

谢天谢地，她总算没说出强盗的事，这大概表示她心里多少尚存一丝怜悯，不想让我就此送命吧。

警察一边跟着收音机中播放的音乐哼歌，一边选购零食。我和强盗全身僵硬，侧耳细听货架彼端传来的哼唱声。黏糊糊的汗水从额头渗出滑下，但是我怕衣物的摩擦声会引人注意，连擦都不敢擦。

突然，哼唱声停止。

"……喂，这里出什么事了吗？"警察的声音有些紧张。

男人手上用力，我被扭到背后的左臂咯吱作响。

"嗯？"岛中应声。

"是不是有人在这里打架啊？你看，那边的口香糖掉了一地。"

对啊，刚才男人踢货架时掉落的口香糖还没来得及收拾。

"啊，真的。我刚刚不小心撞到货架摔倒了……"

岛中自言自语般嘟囔着，离开零食货架，开始收拾地上的口香糖。她移动到可以看到我和强盗的位置，对上我的视线。她那宛如弯弓般细长姣好的眉毛微微一挑。强盗立刻摆出明显的攻击姿势，亮出美工刀让她看清楚，警告之意不言而喻，无非是说如果不老实，这小子就没命了。

　　"这个购物篮里是什么？是过期食品吗？"警察问。

　　我脑海里浮现出警察用胖手指着装满强盗战利品的篮子的样子。

　　"不，不是的。"岛中回答。

　　"那我可以拿里面的美味棒吗？"警察问。

　　"可以，请便。"

　　警察的脚步声响起。他从零食货架走到泡面货架。我和强盗也赶忙转移阵地，尽可能远离他。这次，我们在面包货架前屏息等待。

　　如果警察没发现强盗就离开，强盗只会抢走店里的商品便回去吧。刚才就是这样的发展。对我和岛中而言，这是值得欢迎的走向。但是，如果强盗被警察发现，那么就不知道他会干出什么来了。也许他会狗急跳墙，转而攻击警察，也许会一刀割断我的喉咙。

　　我的结论是，决不能被警察发现。作为人质，这个想法很奇怪，不过警察就此离去才是最为稳妥的解决方式，可以把损失和伤害减至最低。

唉，早知如此，今天我就应该在家待着。回顾往昔，也只有一句可说——我的人生毫无意义。写自传的话，恐怕三行就写完了。

"这里有垃圾啊。你看，好像有人把美工刀的包装拆开了。"

"啊，真的呀。到底是哪个白痴弄的啊？我这就收拾。"

我无意中看了一眼墙壁，吓得心跳差点儿停止。墙上的镜子里映出警察的球形身材，他那张脸圆润光滑，像少年一样。既然我能看到他，那么他也能看到我，他只要稍微移动视线，就能看到我和强盗。

我用右手拍拍强盗的肘部，又指指镜子。他立刻意识到情况不妙，慌忙就地蹲下低头。我也跟着照做。然而，强盗的胳膊肘不小心碰到了货架上的午餐包，那是山崎面包株式会社 ① 一九八四年推出的产品，把吐司的边切掉，夹上馅料做成美味的三明治。性价比很高，分量足，种类多，上班族常买来当午餐，食欲旺盛的中学生也喜欢用这个当零食。强盗撞落的是蛋黄酱金枪鱼口味的那种，并没有发出很大声响，但是却引起了货架那头警察的怀疑。

"什么声音？"

我和强盗倒吸一口凉气。吱、吱……警察的脚步声绕过架子

① 山崎面包株式会社：成立于一九四八年，是日本著名的面包制造销售公司。分店遍及亚洲各国。文中提到的午餐包是该公司的主打产品之一，有多达数十种口味。

逐渐靠近。我从余光看到，强盗握紧美工刀的右手不住颤抖。之前我害怕强盗灭口没敢细看，此时我忍不住回过头，看到强盗两眼通红，死死盯着摇晃着将军肚的警察即将现身的货架拐角。我已做好血流成河的心理准备。至于是我的血还是警察的血，现在尚未可知。

这时，正在收拾口香糖的岛中起身大叫："啊啊啊啊！"

警察蓦然止步。货架拐角的另一侧隐约可见浑圆将军肚上肚脐所在的顶端，然而警察的面孔还隐藏在货架之后。那个若隐若现的大肚腩像地球自转一样开始旋转，警察转了个方向。

"怎么了？"他问岛中。

"刚才，地上有只黑虫在爬……就、就是油亮油亮，爬得飞快，所谓世间恶魔的那种……"

岛中大概是在演戏吧。转移警察的注意力，暂时救了我们。生死在此一举，我扭头看着强盗，用右手指指收银台，小声提议："我们跑到那边去吧。"如果藏到收银台后面，就能躲过那个在店里转来转去的球状物了吧。

强盗瞪着我，一动不动。美工刀依然抵在我的喉咙上，扭住我左臂的力道也丝毫没有放松。趁岛中牵制住警察，要行动只有此刻。然而，强盗却在我面前十几厘米的地方怀疑地盯着我。他以为我在耍花招吗？他觉得我会在跑出去的瞬间向警察求救？还是说，他害怕又像童年偷东西时被抓到那样，只能眼睁睁看着伙伴们渐渐跑远？

"请相信我。"我试图动之以情。我也不知道怎么会突然冒出这么一句。敌强我弱，身为人质，我在对挟持自己的强盗胡说些什么呀！不过，听了我的话后，强盗犹疑地垂下了视线，随后又抬起眼，点点头。

或许强盗认为反拧着我的手臂不好跑动，所以便松开了我的左臂。我揉揉疼痛的手腕，"老实点儿！"强盗用眼神警告我。美工刀也离开了我的喉头，但是刀尖仍然对着我，随时都可以给我一刀。虽然双手获得自由，然而一旦反抗势必会受伤。当然，我也没打算空手对白刃。

货架彼端传来岛中的声音："看，就在那里，冷藏柜底下……"她好像走近警察，正朝冷藏柜底下比划。摆满果汁的冷藏柜就在收银台的反方向。就在警察的目光转向冷藏柜的瞬间，我和强盗抓住机会冲向收银台。

大概只用两三秒吧，挂钟的秒针只移动几格，我们便能跑到收银台。如果回头，应该可以看到货架间岛中和警察的背影。但是，我们可没这个工夫。

我和强盗并肩飞跑，同时跃起，窜过收银台后落地。我们收势不及，撞上了收银台后面的香烟架，几盒香烟掉下来，声音响彻店内。

吱，我听到警察的脚步声转向这边。我和强盗躲在收银台后面，双手撑地，埋着头，面面相觑。

"这是什么声音？"警察问。

"这个……"机智如岛中，此刻也束手无策了。

"那里有人吗？"

警察似乎逐渐走近。鞋底与地面的摩擦声越来越清晰。强盗仿佛下定决心般握紧了美工刀。恐怕几秒钟后，当警察探头查看时，那把美工刀就会割断他的喉咙，血溅当场。想到这修罗场般恐怖的场景，我就不寒而栗。然而就在这时，我突然瞥见一坨暗紫色的东西，店员的围裙胡乱塞在收银台下面的箱子里。我伸手抓过一件递给强盗。

"咦？有人啊。"警察从收银台外侧探过身，一片巨大的阴影当头笼罩，遮住了灯光。

强盗刚刚套上围裙。

4

以前，我曾经听过这样一则新闻。二〇〇七年九月四日，几个全副武装的强盗闯进乌拉圭首都蒙得维的亚的一家体育用品商店，将一个店员关进里屋，威胁其他店员交出钱和商品。后来，几个顾客上门购物。逃亡前的三十分钟里，强盗们伪装成店员贩卖商品，最后搭乘在外接应的卡车逃之夭夭。

只要有心的话，类似的案例恐怕能检索出一大堆吧。电视节目中播出过一段美国某酒铺的监视录像。一个强盗去店里抢劫，打昏老板后，为了不让上门的顾客起疑，只好开始招呼客人。没想到，顾客络绎不绝，强盗被困在收银台，想逃也逃不了。

警察的大饼脸越过收银台查看我们这里时，我装出忙碌的样子，收拾掉落的香烟，整理店里的快递单，而强盗则拿着美工刀，把手边的塑料绳随意裁成小段递给我，问："这么长行吗？"我也不知道该拿这些绳子怎么办。

"怎么？还有其他新来的小时工啊？"警察喃喃自语。我和强盗看着他，僵硬地点点头。

警察在店里的这段时间里，强盗一直穿着暗紫色围裙伪装店员。警察挑选宵夜时，我和强盗在一旁整理摆放薯条三兄弟①的货架。强盗紧握着美工刀藏在围裙下面，跟在我身边寸步不离。一旦我有任何可疑的举动，他便可以立刻解决掉我。

强盗似乎曾经在便利店工作过，干活儿很麻利。警察丝毫不曾起疑，他把零食和杯面放进购物篮。岛中刚看到强盗穿围裙的瞬间，忍不住"噗哧"一声笑出来。现下，她正在冷静地擦拭货架。不知不觉间，一种警报解除的安心感涌上心头，我想也没想就对正在摆放商品的强盗大声说："强盗先生，那个是放这边的。"

"吱"的一声，正从旁边走过的警察停下脚步，扭过头诧异地盯着那个被唤作"强盗"的男人。我能感觉到收银台附近的岛中倒吸了一口凉气。

"你……"警察走到强盗跟前。

强盗瞪着我，我仿佛听到他在围裙下把美工刀刀片"喀啦喀啦"推出来的声音。但是，警察那张红润光泽的圆脸上却挂着微笑。他说："你看，你果然把名牌弄错了。"

警察指指强盗的胸口。那条暗紫色围裙上用安全别针别着一个名牌，上面用油性记号笔写着"森田"两个字。

"后藤君②，你穿的这是森田君的围裙吧？"

---

① 薯条三兄弟：日本 Calbee 公司于 1995 年推出的一款人气零食。
② 日语中，"后藤"与"强盗"发音相同。

说完，警察转身提着购物篮朝收银台走去。岛中负责收钱，收银机的零钱好像不够，她偷偷从自己的钱包里拿出几枚硬币递给警察。

警察提着塑料袋走出店门，圆滚滚的背影消失在黑暗的夏夜中。确定他不会返回后，我们三人终于松了口气。

整整三十秒的时间，只有收音机里主持人的声音在店内回响。然后，我们看看彼此，不约而同地窃笑起来。笑了一阵，强盗回过神，又把美工刀对准我。

我盯着近在咫尺的刀尖，说：“你要抓我当人质，再从头来一次吗？”

“对，没错。”

我回望岛中。她点点头，打开收银台后面通往休息室和办公室的门，屋里放有保险箱。看到本以为锁住的门轻易被打开，强盗皱紧眉头。

“你们骗我？”

“因为情况有点儿复杂……”我战战兢兢地回答。

“请进去看看吧。”岛中朝强盗招招手。强盗瞪着我们，钻进屋里，不消片刻他就出来了，摇着头说：“你们俩在搞什么鬼？”

广播节目结束，我关掉收音机。此时，店里只能听到时钟秒针走动的嘀嗒声。那规律的声音，让人渐渐昏昏欲睡。

真的，我为什么会在这里？死里逃生，值得庆幸。我真高兴自己还活在这个世上，简直太棒了。不过，我总觉得刚才度过的这段时间很无厘头。几分钟前还是强盗的那个人靠在收银台上，现在看起来不过是一个随处可见的胡荏男。听我们讲完事情的原委，他张口结舌，说不出话来。

"后藤先生，这些你要带走吗？"

岛中把装满美味棒的购物篮递给他。这是取代金钱的战利品。

"我不叫后藤。"

"叫后藤不也挺好的吗？"

他自嘲地笑笑："这些东西还是不要了吧。"

"真的？"

"嗯。"

"那你不就无功而返了吗？"

"是啊。好无聊啊！到头来还是两手空空。当强盗本来就是个错误。"他一副松了口气的样子。我不知道他为何不惜以身试法，不过，好在最后他没有伤害任何人，而且我也毫发无伤。

"不可以当强盗哦。看来你终于醒悟了。"岛中满意地点点头。"强盗是人渣，最差劲了！是仅次于这位学长的屎壳郎！那么，准备一下，我们也该走了。你先请。"

男人挠挠头，把当作凶器的美工刀放在收银台上，走出大门。他的背影很快消失在幽暗潮湿的夏夜中。

岛中拿起男人留下的美工刀，用抹布擦拭，然后又小心翼翼地放回去，唯恐沾上自己的指纹。她刚才用抹布到处擦也是为了消除指纹。接着，她脱下围裙，拎着包走了。

离开之前，为了以防万一，我决定检查一下休息室和办公室。打开收银台内侧的门，走进休息室，一切正常。透过休息室里的门，我向更里侧的办公室窥探。谨慎起见，我还用手遮住了脸。办公室很暗，用手电一照，只见被五花大绑，嘴也被塞住的店长倒在地上。在手电的照射下，他眯起眼睛看向我。

"那个，我要走了。"

我低头行礼。幸好店长乖乖被绑，没有反抗，我和岛中才能不必伤人就全身而退。明天就会有人来救他吧？我留下嘴里不知咕哝着什么的店长，关上了办公室的门。关上店里的灯，我望着空无一人的漆黑店面，发了会儿呆。

走出玻璃门，步入像被墨汁涂黑般的夏夜之中。我仿佛面对着一个落下幕布的舞台，什么都看不见。唯有店门上方的诱蛾灯闪烁着点点蓝光，等待飞虫自投罗网。

"人生不过是一个行走的影子，一个在舞台上指手画脚的拙劣的伶人。登场片刻，就在无声无臭中悄然退场。①"

和我住同一公寓的研究生偶尔会如此感慨。

然后，我便奔向那如同终幕般的黑暗中。

---

① 出自《麦克白》第五幕第五场。此处引用为朱生豪的译文。

在冷气很强的大学食堂里，很多学生端着盛放咖喱饭或乌冬面的托盘走来走去。梳着马尾辫的岛中也在其中。她一脸没睡够的样子，平日炯炯有神的双眼半睁半闭，好像随时可能合上眼睡过去。我们面对面坐着，一边吃午饭一边就昨晚的事件召开检讨会。

"昨天的事，多少能得到一些教训吧？咱们好好总结一下。"我说。

"嗯……"岛中从嗓子眼里挤出一声，然后摇着头说，"哪有总结这种东西啊。"

"总会有那么一两点值得借鉴吧。"

"不，根本没有。非要说得到什么教训，或者说通过这次事件确认了什么的话，那也只有一点，就是学长你果然不靠谱！"

"啥？"

"你不靠谱！"

我的脖子上还残留着几道红色的伤痕。虽然没有出血，但是皮肤还是割伤了。照镜子看到这些印记时，我不禁一阵后怕。昨晚侥幸捡回小命。今后每一天，我都要好好体会活着的幸福。昨晚那种荒唐闹剧，我再也不要经历第二遍了。我要找一个可以全心投入的兴趣爱好，如果能靠这个赚钱就好了。要是能够赚到足够多的钱，让我不用上班也能糊口，就更棒了。

"学长，你又在动歪脑筋了吧。"

"我想的都是积极向上的事。"

"你脸上写着'我在想钱'。"

昨晚我伪装成便利店店员，是为了在岛中用玩具枪抵住店长逼他打开保险箱时，不让顾客起疑。这是岛中参考乌拉圭抢劫案制定的计划。谁知保险箱内空空如也，我们一分钱也没捞到。不但如此，就在我们准备关店逃跑之前，遭遇了另一个强盗。

"我再也不干那种事了。"岛中说。

"嗯，好。"

"学长你也有责任。你应该阻止我啊！你不仅不阻止，居然还帮我！都怪你不拦着我！昨天的事全是你的错！"

检讨会到此结束，接着又回到了往常的话题，吐槽打工太累之类的。我和岛中在同一所大学读书，在同一个地方打工。顺便说一句，我们打工的地方可不是便利店。

抢劫案上了报纸的地方版，只有豆腐块大小的篇幅。报道上说强盗是三人组。我和岛中读到这里笑得直不起腰。那位强盗先生如果看到这篇报道，肯定也会苦笑连连吧。我们几个居然成为共犯，他还被当作是跟我们一伙儿的。

夏日临近尾声，我们给那家便利店送去了道歉信和点心礼盒。不，说是送去，其实我们只是把东西放在店门口而已。我们也是很担心那次事件会给店长留下心理创伤的。然而，入秋不久，那位店长就因为长期贩卖盗版软件而被警察逮捕，便利店也关张了。原来店长也不是什么好人，点心算是白送了，真亏。

从那次事件之后又过了半年，来图书馆的人们都穿上了厚厚的大衣。把围巾落在图书馆的人越来越多，我意识到："啊，冬天来了。"我和岛中分别把别人还的书放回原来的书架。告示板上贴着印有"编织故事的小镇"字样的海报，那是本地的宣传标语。

市立图书馆里有一位馆员叫潮音。她是个一拿起书就放不下的怪人，有传闻说她弟弟是个小说家。岛中曾向潮音借了三万日元，至今未还。每当潮音朝岛中微笑，岛中便别扭地笑笑，然后别开视线。看到这一幕，我就会想起那个穿暗紫色围裙的夜晚，心中充满怀念。毕竟，岛中就是为了还债才会策划那次行动的。

二〇一〇年十二月底的某日，结束图书馆的工作后，我和岛中到拉面店吃晚饭。吃完饭，我们在站前闲逛。天已经全黑了，也许是年关将至，每个人都呼着白气，行色匆匆。岛中扎起头发，露在外面的耳朵冻得通红。

据说除夕深夜会下大雪。真的吗？我在文善寺町居住数年，从未见过积雪的景色。

信号灯转绿，在十字路口等待的行人便一同迈步。我和岛中也混在人潮中，穿过人行横道。从反方向与我们擦身而过的人群中有一个身穿西装的男人，我和他走了几步之后同时停下。岛中毫无察觉，一个劲地往前走。

绿灯开始闪烁，我和西装男各自穿过人行横道，隔街相望。岛中走回来，顺着我的视线望去。

"那副打扮是在找工作吗?"岛中笑着说。男人理净胡茬，头发也剪成清爽的发型。在十字路口的彼端，他捏起西装外套的衣角给我们看，一脸难为情，好像在说：我现在穿成这样很奇怪吧?

我们和他都没有得到想要的东西，得到的仅有"共犯"这种毫无利益可言的无聊关系。不过……唉，算了。

等待过马路的行人再次聚集在十字路口，我们身边和对面的男人身边都挤满了人。车辆驶过，遮蔽了视线，再次遥望对面时，男人已经不见了。我四下张望，却再难寻得他的踪影。茫茫人海，就此别过。

岛中耸耸大衣下娇小的肩膀。"走吧，学长。"

我们转身，背对十字路口，举步前进。

青春绝缘体

1

　　设有特别教室 ① 的教学楼安静得仿佛时间静止一般。窗外的树木已经冒出嫩绿的新芽。五月中旬的一天，放学后，我和往常一样打开文艺部活动室的大门。

　　旧书的书香迎面扑来。这间屋子只有普通教室的四分之一，大门对面的墙壁上嵌着窗户，两侧墙壁摆满了书架，架上放不下的书都塞在纸箱里，纸箱堆积如山，连下脚的地方都没有。这里的书包罗万象，从旧到新，包含各个时代、各种类别。

　　房间中央相对摆放着四张桌子，一位女学生在坐着读书。她那乌黑的长发从脸颊两侧柔顺地垂下，遮住了耳朵，散落在肩头和桌面上。戴着银色细框眼镜的学姐读着一本厚厚的精装书。

　　"学姐好。"

　　我一边和她打招呼，一边拉过一把椅子坐下。学姐抬起头，看着我叹息道："你觉得我们能为地球做什么贡献呢？"

---

　　① 特别教室：如理科实验室、美术教室、音乐教室等配备了特殊设备的教室。

我看看学姐手里的书，恐怖的封面上印着"地球的危机"几个字。

"我觉得吧，学姐你该考虑的不是如何给地球做贡献，而是如何不给地球制造麻烦才对。要说现在你能为地球做的事，只有马上去死，这样才不会继续污染地球的空气。"

"真希望温室效应只让你家沉到海里去！"

吐出诅咒般的低语，学姐又开始看书。我也从书包里拿出推理小说的文库本。基本上，我们在这里只看书，偶尔也会像刚才那样有一搭无一搭地拌嘴。总之，和回家看书没多大区别。远处传来管乐部练习的声音，舒缓的旋律十分催眠。窗外吹进微风。

加入文艺部的第一天，我在活动室见到二年级的小山雨季子学姐时，要说没有心花怒放绝对是骗人的。学姐怎么看都是一位清秀佳人，银框眼镜后的双眸如湖水般清澈，又不失睿智和帅气。然而，我的满腔喜悦瞬间便灰飞烟灭。

"文艺部都做些什么呢？"

"不做什么。"

"不去招揽新成员吗？"

"不去。话说，你为什么要加入文艺部啊？"

"因为我喜欢看书……"

"哦，原来如此啊。我懂了。"

"你、你懂什么了？"

"反正，你一定是没有信心加入体育部，想加入文化类的社团，但是又拿不出像样的特长。所以用排除法，只剩下文艺部了，对吧？要补充的话，你加入社团的动机不过是希望交到朋友吧？初中时一个朋友都没有，所以你希望在高中能扭转悲惨的人生，对吧？这些全都写在你脸上，知道吗？你这个人，性格太孤僻，赶快去死一死吧！"

学姐那双锐利的眼镜仿佛能看透人心。我立刻就后悔了，也许加入文艺部是一个错误。然而，我却脱口而出反驳道：

"没错，我就是这么孤僻。怎么样？"

如果对同班同学这样回话，一定会瞬间冷场。但是所谓以牙还牙就是这个样子吧。学姐闻言，藏在银框眼镜后面的双眼吃惊地眨了眨，然后饶有兴趣似的慢慢眯起眼。

此后，我就顺势成了文艺部的一员，与学姐的唇枪舌剑也日益升级。话说，我与同班男生说话都会紧张得声音沙哑，如果对方是女生，话未出口我就脸红得像番茄一样了。但是，从初次见面起，与学姐对话就很顺畅。为什么呢？过了一个月我也没想明白。

我听到学姐合上书，抬头一看，她正百无聊赖地托腮盯着挂钟。不知何时已染上微红色调的阳光透过窗户斜斜地照在书架上，陌生作家的古老全集闪闪发光。学姐忍住呵欠，起身走到窗边，凝视窗外。过了半晌，她回过头宣布："无聊死了！文艺部要开始活动了。"

"这样啊。"我的视线又落回文库本上，继续读书。

"喂，我说我们要开始社团活动了！"

"我们现在不就在进行社团活动嘛。"我举起读到一半的文库本给她看，"我一直以为读书就是文艺部的主要活动。我加入的第一天你不是就说过文艺部什么都不做吗？"

"你在嘲笑我吗？"

小山雨季子学姐看我的眼神就像看到厨余垃圾一样。她双手抱胸，作沉思状。接着，像获得天启一般猛一拍手，"对，我们写小说吧。"

后来的种种就是从这句话开始的。

初中时，我总觉得高中生都很成熟，所以升上高中就会变得和现在不同，可以顺利交到朋友，甚至找到恋人。然而，等我真正成为高中生以后，却发现自己并没有什么变化。别人打招呼我都不敢回，每天都在想："啊，我活着真对不起大家。"我们班气氛非常和谐，简直和谐到说出来别人都不信的程度。但是，不合群的我却只能孤独地坐在座位上看着大家谈笑风生。我并未遭到排挤，我只是非常内向怕生，所以至今都没有交到可以在休息时一起闲聊的朋友。班级气氛如此融洽，我独来独往就像在搞破坏似的，让我十分愧疚。我知道自己有自我意识过剩的倾向。看到同学们说笑，盘踞在我心中像肥猪一样庞大的自我意识就会大声叫嚣："他们在笑我!"

初中三年，我一放学就回家，没参加任何社团。那么，为什么升上高中就想参加社团了呢？这无非是因为在开学典礼时，我对高中生活仍抱有期待，心想也许可以抓住升学的契机改变自己。我希望通过社团活动交到朋友，但参加什么社团好呢？体育部肯定不行，我体质很差，别人说我是豆芽菜转世。唯一称得上兴趣的只有读书，用排除法想来想去，最后只得在社团申请表上填上"文艺部"。所以，小山雨季子学姐的那番推测一点儿都没错。

但是，我的愿望落空了。如果我在社团交到了朋友，课间休息时就不会孤伶伶地坐在教室里了。你问我为什么不能交到朋友？那是因为文艺部只有一名成员，而这名成员也不可能和我在社团活动中产生友情。话说回来，只剩光杆司令的社团能够存活也堪称奇迹。文艺部总算还有一位顾问老师，我向老师请教后才知道，本校文艺部历史悠久，连校长都曾经是文艺部的成员，所以不会轻易废除这个社团。

刚才还在演奏舒缓乐曲的管乐部，现在又开始练习起一首慷慨激昂的曲子。旋律随风飘到位于二楼的文艺部活动室。

"不行啊，这个我可不会。小说很难写的。"我摇摇头，对学姐的提议表示反对。

"不服从部长的命令，以后就不得使用这间活动室，午休时你也不许在这里吃便当。"

锐利的目光透过银框眼镜直盯着我。午休不能来这里吃饭可是事关生死的大事！意味着我就必须在教室吃便当。试想一下，在人群包围下，独自吃便当，怎么受得了！

"……那好吧。"

在和乐融融的集体中，形单影只的寂寞足以把我折磨致死。比起死，还是参加社团活动比较好。学姐立刻拿出笔记本和铅笔。她说的小说，似乎只是几页篇幅的短文，那倒好办。现在已经快到必须离校的时间，逗留太久老师会生气的，所以必须在那之前赶快写完。动笔前，学姐试探地问我："你想写什么样的小说？"

"我想写狮子文六①那种幽默小说。学姐你呢？"

"我呀，我想写少年被人狠狠侵犯的故事。"

这个没半点正型的学姐在写作时倒很安静。

太阳落山，天色渐暗，管乐部传来的乐曲声也渐渐止息。打开荧光灯，玻璃窗上映出室内的景象，活动室里只能听到铅笔写字的沙沙声。很快，我们都写完了。

"完成！"学姐宣布。

"哦，垃圾桶在这里。"

"我把你小子扔进去，你信不信！"

---

① 狮子文六：（1893—1969）原名岩田丰雄。日本作家、导演。

学姐的文字流畅易懂，甚至有种惯于书写的感觉。不过，故事情节却很老套。一个脑袋里插着仙人掌的青年向一位绝世美女告白，却惨遭拒绝。于是，青年气急败坏地高喊着"仙人掌化！！"到各处破坏臭氧层。刚才她说要写"少年被狠狠侵犯的故事"，我还在想会是怎样的内容。要说故事中让人在意的地方，只有男主角碰巧与我同名这一点。

"连垃圾都不如。"我从笔记本撕下那页揉成一团。

"喂，你干什么！"

"我倒要问问你在干什么！'仙人掌化'是什么东西？"

"我也想知道啊。我曾经上网查过，但没查到。"

"那你就瞎用……"

"你写了些什么？"

"我的大作可是呕心沥血写成的。你看完可不要因为我的盖世才华而无地自容地去自寻短见啊。"

学姐抢过我的笔记本开始阅读。

"这是什么玩意儿？"

"这是我参考《搞笑漫画日和》①写成的。"

"哦。"

---

① 《搞笑漫画日和》：漫画家增田耕助的代表作，以其独特的角色设定而广受欢迎，至今仍未完结。该作品多次被改编成动画。

学姐把那一页撕成碎片，整套动作如同呼吸般自然。

这就是文艺部的第一次创作会。

从此以后，文艺部每周举行一次创作会，但过程都大同小异。我感觉我们并不是在认真地搞创作，而是通过编写古怪的故事互相吐槽，达到交流的目的而已。只是打着写作的幌子杀时间罢了。我们很清楚，自己根本不是写小说的料。世上只有一小撮天才能写出精彩绝伦的故事，而我等凡人只能羡慕地仰望他们。

每次创作会结束，往往天都黑了。我们总是分头离开活动室回家。我从不曾与学姐一起走，也不曾在活动室之外的地方见面。回家途中，抬头就能看到满天繁星，只是这时我的肚子总是煞风景地"咕咕"叫起来。

唯有在活动室我才不会感到紧张，也不会觉得自己是个废物。

但是，一到教室里，我的自我意识便会作怪，一直无法与他人顺畅地交流，不知不觉就错过了交朋友的机会。到了六月，班里的朋友圈已经固定下来，肯与我这只恶心蛞蝓说话的只有铃木同学。

"喂，下节是什么课来着？"

在第二节课和第三节课之间短暂的休息时间，我听到铃木同学的声音。起初，我以为她在大批男女同学的包围下聊天，所以没有理会。直到发现她身边没人，而且她正注视着我时，我才意识到她似乎在和我搭话。

"哦、嗯。啊？"

出乎意料的情况让我一时不知如何是好，嘴里发出奇怪的声音。铃木同学好奇地看着我，这让我的体温一路飙升。她就坐我旁边，这是她第一次跟我说话。

"第、第三节课，好、好像是数学课……"我结结巴巴地回答。

"啊，对呀，是数学课。"

铃木同学对我露出纯洁无辜的笑容，然后拿出数学课本，坐在座位上发呆。铃木同学个性开朗大方，连对我这种从没搭过话的人也能毫不犹豫地攀谈。她和谁都能打成一片，听到别人在聊有趣的事，就会立刻表现出兴趣，自然而然地融入人家的圈子。而且，铃木同学长得十分可爱。对于蛞蝓般的我来说，她就像五百勒克斯①的光源一样光彩夺目。理所当然，她也是全班的核心，同学心中的女神。

"对了，小花讲话时总是'那么呢哈'没完没了。"

好恐怖，铃木同学又来找我搭话了。似乎因为我坐得近，所以她无意中就把我当作了谈话对象。铃木同学对人从不设防，对我这样的蛞蝓也一视同仁。

"小、小花是谁？"

"就是教数学的花岛老师啦。"

原来大家都这样称呼花岛老师呀。我平时与同学没有交流，连老师的绰号都一无所知。更重要的是，铃木同学又找我搭话让我惶恐不安。她和我说话我很高兴，但是我担心自己无法正常应答，惹她讨厌。

"以前上课的时候，我和奈奈美数过小花说了几次'那么呢哈'，可是数到一半就数乱了。你说，小花一堂课到底会说几次呀？"

这是我脑海中那本"人际交流指南"里没有的问题。我支支吾吾，不知如何回答。突然，铃木同学仿佛想起了什么似的，问道："听奈奈美说，你在文艺部，对吧？"

"嗯、嗯。"

---

① 勒克斯：光照度单位，符号是 lx。

话题突变，让我更混乱了。

"文艺部都做些什么呀？"

"写写小说之类的……"

"真的？太厉害了吧！"

这时，教室门打开，花岛老师走进来，我们的对话就此中断。同学们也停止闲聊，纷纷回到自己的座位上。总算捡回了一条命。和铃木同学聊完会不禁松口气的男生全班恐怕只有我一个吧。我感觉铃木同学不光代表了她个人，更像是全班同学的集合，所以和她聊天让我非常紧张。比方说，如果她敌视我，那她背后的全体同学一定也会敌视我。相反，如果她对我有好感，那么也许全班都会接纳我。

花岛老师点完名，开始讲课。

"那么……上次课留的作业……那么……"

我不经意往旁边一看，铃木同学正朝我偷偷竖起两根手指，笑得像个淘气的孩子。看着这样的她，我心中冒出一个念头：我与她是如此不同。

铃木同学天生丽质，性格爽朗，每个人都喜欢她。

因此，她能够毫不犹豫地与他人攀谈。

她心无城府，是因为她从未被人打击、从未受过伤害的缘故吧。

而我不同。

我深知人的恶意。

然而，我仍对青春怀有美好的憧憬。

刚入学时，我总想着一定要改变自己，交到朋友。

六月下旬，某日放学后，小山雨季子学姐说要去看牙医，没去活动室，于是我决定直接回家。沿着河堤走在小路上，放学的学生纷纷超过我。他们都是结伴而行，没人像我一样独自回家。骑车的同学也是几人一伙，谈笑风生地经过。对我来说，青春就是象征那些人的词汇，像他们那样，与朋友毫无顾忌地聊天就是所谓的青春。然而，我只能一个人无聊地熬过回家途中这段时间，我只会反复回忆起当天犯下的鸡毛蒜皮的小错，折磨自己。丢人的记忆在脑海中一再回放，如果不有意识地控制自己，我就会不自觉地开始嘟囔"不行了""好想死""受不了了"这种话。在车站前，经常能看到一个大叔在自言自语，我以后一定就会变成那个样子。

我专注地盯着鞋尖往前走，突然听到"吱"的一声，一辆自行车在我旁边停下。

"啊，果然是你。"

骑在自行车上的铃木同学看着我说。我大惊失色，不由得倒退几步。每天放学，我都有种"终于得到解放""不用再时刻提心吊胆"的感觉，在情绪稍微放松的时候，突然有人搭讪，会受到比平时更大的惊吓。

"你都是走路上学啊。"

铃木同学从车上下来，她和不太高大的我差不多高。

"哦，嗯，是啊。"

其实，我有时也搭巴士，但是笨嘴拙舌的我不知该如何详细说明。她还是老样子，与不熟悉的人也能够满不在乎地聊天。这种功力到底是怎么练就的呢？如果我在路上偶遇同学，一定会飞速躲到楼后藏起来吧。

铃木同学推着自行车，车轮的影子像纺车般转个不停。走了一会儿，她停下脚步，转头望着我，"怎么了？回家吧。"

我点点头，跟在她身后。河堤旁略微蜿蜒的小路一直延伸到远方，极目远眺，不知何时被夕阳染成橘色的天空占据了大部分视野，放学回家的学生像一排排前进中的小蚂蚁。我和铃木同学的影子拖得长长的，投射在河堤斜坡上。自行车轮胎的影子不断旋转，几步之外，有个紧张僵硬的影子跟在后面。

"天真热啊。"

"嗯，是啊。"

"下雨就会凉快了吧。"

"嗯、嗯，是啊。"

"今天的英语小测验，你不觉得很难吗？"

"嗯、嗯、嗯，是啊。"

我是运动白痴，不擅长投接球。一来一往如同投接球一般的对话，我同样做得很糟糕。对方轻轻投出的轻而易举就可以接到的球，我也会搞砸，就像故意作对似的。和女生一起回家这种充满青春气息的场景，为什么我一成为主角就变得如此尴尬呢？既没有怦然心动、火花四射的瞬间，也没有全身犹如电流通过般的酥麻感，只有时间在静静地流逝。

"你是不是很热衷于文艺部的活动呀？你都写了什么小说？"

"也、也不算正式的小说啦……"

"好厉害，你居然能写小说。实在佩服死了。"

"是、是吗？"

"下次让我看看好吗？我觉得一定很有趣。"

我苦于不知如何应答。来到岔路口，铃木同学跨上自行车，"我家在那边，我先走了，再见。"

"啊，嗯。"

下河堤的岔路有一定坡度，她活力十足地蹬车冲下坡道，很快就消失在建筑物之间。就这样匆匆与她分别，我开始担心自己是不是让她觉得无趣。也许她家并不在那边，她急着离开是因为和我在一起很难受。不，我想多了。自我意识过剩，胡思乱想的自己真讨厌。唉，我果然是蛞蝓一样的存在。

凝望着无边无垠的橙色天空，我在和她分别的地方茫然伫立。很多学生从我身边经过，他们身后拖着长长的影子。

我想和铃木同学多说几句话——这种心情把我自己都吓了一

跳。今天在教室的时候，和她讲完话我明明还有种如释重负的感觉。我喜欢上她了？不，不是。我只是想和同班同学交朋友而已。

翌日午休时，我前往文艺部活动室。小山雨季子学姐把门拉开一条缝，探出头。"你在啊。"我招呼道。"是啊。"她回应。我明明都来到她跟前了，她却故意冷淡地关上门。"喂，别关门！你为什么老是若无其事地做些惹人厌的事啊？""多亏我平日一直在思考怎么才能气死你！""拜托你想点儿正经的好不好！"世上为什么会有如此可恶的人啊！与开朗善良的铃木同学真是鲜明的对比。可是，校内唯一让我舌头不打结就能交谈的人并不是铃木同学，而是学姐。

我一边吃母亲做的便当，一边回想着昨日放学路上与铃木同学的对话，不由得叹息不已。学姐趁机从我的饭盒里偷走几个小番茄。啊，算了，算了，想偷就都偷走吧。见我没有生气，学姐有些不高兴。她把抽屉翻了个遍，找出一个巨型放大镜，举到我便当的斜上方。今日天气晴好，阳光透过放大镜聚焦于铺在米饭上的海苔，很快，海苔就冒出一股青烟。

"嗷！住手！"

我抢过便当，抱在怀里。空气中弥漫着一丝烧焦的气味。

"人家是好心给你热饭嘛。"

学姐拨开垂落在肩头的长发，脸上挂着恶作剧般的笑容。铃木同学说老师的口头禅时，脸上也露出过类似的笑容，但是铃木同学的笑脸可爱多了。或者说，学姐的笑容更像是傲慢的女王为测试反应而欺凌奴隶时露出的冷笑。我冲她大喊："啊，好失望！我对学姐太失望了！"

接下来，举行创作会。这是文艺部每周一次比较像样的活动。我们相对而坐，在笔记本上奋笔疾书，写下名为小说实为恶搞的文章，交换阅读，让对方不爽。这就是整个活动的流程。比如，在初次创作会上，学姐写的那篇穷极无聊的故事以我的名字给男主角命名，并安排他遭遇重重不幸。再比如，我上回写的那篇故事里，名叫小山雨季子的少女捡起掉落在地的面包吃下去，导致惨死。

我明白我们的作品毫无价值可言，仅仅是互相插科打诨的手段，是只在狭小的文艺部里才得以存在的破玩意儿。作品在交换阅读后，往往会落得被对方撕碎扔掉的下场。虽然我们会怒吼"干嘛撕我的大作！"但是我们并不是真心生气。那只是我和学姐用来沟通的文章，是为了被撕碎而创作出来的。我知道创作会其实是一场游戏，所以我也从未认真写作。

可是，那一天，我突然想要好好写点儿什么了。

"你都写些什么小说？"铃木同学的问题一直在我脑海里打转。虽然我不好意思把自己的作品给她看，但是，我还是想写出来一些像样的东西，至少在她下次问我时，我可以堂堂正正地回答，不用撒谎。所以，我第一次努力思考情节发展，认真在笔记本上码字，既没有对学姐的吐槽，也排除了只有我们俩才懂的无聊桥段。

不知不觉，天色渐暗，只有这间活动室依然灯火通明。学姐放下铅笔，伸个懒腰："写完了！"

"又一篇烂文章在这个世上诞生了。"

"别胡说。这部作品要是出版，一定会让日本文坛焕然一新。"

"我也写完了。"

"真是悲剧！你的自动笔笔芯就为这种破烂儿白白牺牲了。"

"悲剧？学姐你才在胡说八道呢！今天可是文学史上划时代的一天。"

夹枪带棒的互相攻击一如往常。我们"呵呵呵呵"冷笑着交换了作品。这次，学姐写的还是以我为原型的主角遭遇不幸的故事。她的文字依旧平顺易读，对我的丑化活灵活现，贬低主角的用语五花八门。平常，学姐肯定是一想到讽刺我的语句就立刻记录下来。她试图挑战人类想象力的极限，运用丰富的表现手法让主角，也就是我，经历了各种荒诞离奇的倒霉事。

"你真是激怒他人的天才！"我撕下那一页揉成一团。这已是惯例了。

但是，学姐的反应却与往日不同。读完我的作品，她并没有撕掉那页，而是把笔记本放在桌上，摘下银框眼镜，开始擦拭镜片。学姐身材高挑，四肢修长，眼睛炯炯有神，就高中生而言，她的气质很成熟。那一天，摘掉眼镜，垂下视线的学姐却显得有几分落寞。

"没劲透了！"说着，学姐把笔记本扔给我。

3

自从初春认识学姐以来，已经过去两个半月了。可是，我从未在活动室以外的地方碰到过她。不曾在走廊擦肩而过，社团活动结束也是各自离开，绝不会一起回家。我丝毫没觉得不对劲，反而认为这种情况很正常。

六月的最后一天，从清早就开始下雨，乌云密布，天色昏暗，早晨还亮着路灯。我撑着伞走在上学的路上，一辆汽车碾过水坑溅了我一身泥水，连鞋都湿透了。

校门前有一群穿黄雨衣的人。我们高中实行所谓的"礼貌周"，在这一周里，学生会的人每天都会在校门口热情地对大家道早安。听到他们问候"早上好"，便要回答"早上好"，在学校，这是如同法律一般必须遵守的铁律。一身泥水的我垂头丧气，胆怯不安，现在让我愉快地和他们打招呼还不如让我死了算了。于是，我决定绕到后门溜进学校。

我走到学校后面，那里一般很清静，少有人来。然而，那天却有一个撑伞的人先于我穿过后门。我小心翼翼地保持距离，跟在后面。

有雨伞遮挡，我看不到那人的面孔，只知道对方穿着女生校服。她也是不想和那帮人打招呼，所以才绕到后门的吧。我想着想着，不料脚下一滑，差点儿摔倒。

"啊！"我不禁叫出声来。前面的女生回过头，我看到了伞下的那张脸，竟然是小山雨季子学姐。

大颗大颗的雨滴从电线上落下，打在伞上发出烟花爆裂般的噼啪声，又像是电流火花四射的声音。

震惊万分的学姐错开视线，垂下头。我们沉默不语，一时间只能听到雨声。学姐和平时在活动室的样子判若两人，她缩着肩膀，无精打采，简直就像在教室里的我一样。可是，眼前的女生并非与学姐长相相似的其他人，那乌黑的长发和银框眼镜，分明就是我认识的那个学姐。不久，学姐慢吞吞地迈步走向教学楼，全身笼罩着一种非同寻常的紧张感。

我们维持着不知算不算并肩而行的微妙距离，来到玄关的鞋柜旁。学姐收起雨伞，羞愧得连耳朵都红了。她一言不发，转身背对着我走向二年级的教室。

七月的一天，我在图书馆前的走廊再次遇到小山雨季子学姐。她们班好像要去其他教室上课，大家三五成群边聊天边经过走廊，在落后众人一段距离的地方，学姐独自走着，就像个无法融入集体的女生，想叫住大家又不敢出声。我本想躲起来假装没看到，但却不小心对上了学姐的视线。

学姐双肩颤抖，表情绝望，好像看到了世界末日一样。"……啊，你好。"我低头行礼。学姐"嗯、啊"地支吾了半天也说不出一句完整话，脸涨得通红，垂下头落荒而逃。尽管她外表成熟，但那副模样就像打架打输了的小学生一样。

那天，走廊上的学姐不是那个与我斗嘴抬杠的学姐，我也不是那个随时准备反唇相讥的我。那样的我们只存在于文艺部的活动室里。几个月来，我都不曾在校园里偶遇学姐。我一直认为也许是学姐有意想避开我，又或许是因为学姐在其他地方的样子与在活动室时完全不同，因此即使擦肩而过也没发现是她。

我们都是性格别扭的家伙。在教室里，在人群中，我们瑟缩起来，别人搭话也无法正常回应，结结巴巴，面红耳赤，遭到嘲笑也只能把眼泪吞进肚里，怨恨自己为何如此没用，如此窝囊。完全丧失自信。然而，在活动室时却不是这样。学姐理直气壮地讥讽我，我也对她恶言相向。在其他同学面前笨嘴拙舌，在对方面前却口若悬河。

我明明不擅长投接球似的对话，为何与小山雨季子学姐就能自如交谈呢？现在我总算明白了，因为我们本质相似，学姐内心也隐藏着自卑，痛恨自己，希望自己干脆死掉。

然而，令人惊讶的是，我们的关系后来也没有发生任何变化。午休和放学后，我依然在活动室度过。学姐总是比我早到活动室，每次我一开门，就看到她坐在弥漫着旧书气息的房间中央阅读着蕨类植物图鉴、毒蘑菇百科或古典推理小说。那乌黑的长发披散在肩膀、手臂和书本上。

"学姐好。"

我出声打招呼，学姐懒洋洋地抬起头，锐利的视线透过银框眼镜注视着我。"我想下国际象棋，你用那边的硬纸做棋子。"

我们从不谈及活动室之外的事情，就像外部世界的种种不曾存在过一样。我们相处时，照例摆出与在教室时截然不同的那个自我。伪装时间长了，有时倒觉得这才是我们的真实个性。无论如何，如果同学看到我们在活动室的样子一定会大吃一惊。说不定甚至还会遭人鄙视，以为我们在搞无聊的 cosplay，模仿动漫、游戏、轻小说中的角色说话。

教室里的自己和文艺部的自己都非虚伪，只是同一存在的不同侧面罢了。我是如此，学姐亦然。在活动室颐指气使的学姐，并不是自己设定了这种个性并表演出来。那是她平素隐藏起来不被同学所知的那一面，在活动室却不可思议地展现出来而已。我们在活动室里的交谈仍然保持着过去的距离感。

唯一的变化是每周一次的创作会中止了。以前，我说"大作完成"，学姐就会接口"我要烤白薯，正愁没柴烧"，然而七月以来，随着笔会暂停这类斗嘴也完全听不到了。不过，我想这应该与我看到学姐在外面的模样无关，一定是因为我开始认真创作的缘故。我不再写只有我俩才懂的恶搞文，而是想写出更像样的作品，是我这种不合时宜的想法让学姐扫兴了。

"做好了。"我拿出手工作品给她看。

"这是什么东西？我让你做棋子，谁让你重建安土城① 了！"

咚，学姐一拳砸在桌上。那结实得让迪亚哥② 图书目录都自愧不如的安土城也不禁抖了三抖。

正因为切断了与外界的联系，这种交流方式才得以成立。我和学姐拥有只属于我们自己的语言和语境，这是我们精心培育出的成果，并一直珍爱有加。但是，我们决不会让外界的话语介入其中。

七月中旬，放暑假之前，进行了第一学期的期末考试。天气炎热，教室里也能听到蝉鸣声。考试第二天的早晨，我一路都在思考咒杀夏天的方法，不知不觉来到了自己的座位。

"早上好。"

隔座的铃木同学向我问好。她一副睡眼蒙眬的模样，刚才似乎正趴在桌上打盹儿。之前我总是紧张兮兮地支吾回应，但是那天不知为什么，我下意识地自然回答一句："早上好。"

"嗯。"

---

① 安土城：位于日本滋贺县，是战国武将织田信长于 1576—1579 年修建的，标志着安土桃山时代的开始。1582 年夏，本能寺之变发生后，安土城也被焚毁，只剩下石垣。

② 迪亚哥：(DeAgostini) 现为全球最大的分辑读物出版公司，总部位于意大利，成立于 1901 年。

铃木同学点点头，重新趴下睡觉。虽然只有短短两句话，但是我终于可以顺畅地与人沟通了。对方投来的球，我既没有漏接，也没有乱接。就是这样。就像我也是班级一份子的感觉。如此可爱的女生主动向我道早安，是我之前想都不敢想的事。照这样下去，说不定我的社交恐惧症也有治愈的一天。

在我暗自高兴之时，铃木同学睡醒起身。我以为她还会找我搭话，可是她却兴致勃勃地与其他男生聊起了昨晚的电视节目。我没看过那个节目，不了解内容。不过，那个男生好像说了一句俏皮话，原本昏昏欲睡的铃木同学被逗得哈哈大笑，一边笑一边戳着那个男生的手臂。过了一会儿，老师走进来，早自习结束，第二天的考试开始了。由于脑子无法正常运转，那天我考砸了。

考试上午就结束了，中午过后，学生可以离开教室。我前往文艺部活动室，心情烦闷得想哀嚎，原因并非在于答不出考题，而是在于早上的那一幕。铃木同学兴高采烈地与其他男生聊天，这点儿小事让我莫名其妙地心生嫉妒。和乐融融、开开心心的班集体果然好讨厌。能轻而易举地交谈，逗铃木同学发笑的同学好讨厌。然而，我最讨厌的还是这样的自己。我这个人还真恶心。只不过是早上打了个招呼而已，我就产生了与铃木同学很要好的错觉，真想叫这样的自己快去死。你这个废物，爆炸吧！爆炸吧！全班都爆炸吧！

我郁闷地打开活动室的门，小山雨季子学姐正坐在桌前读书。我绕过塞满旧书的纸箱，穿过摆满旧书的书架，在平常的座位坐下。学姐扬起嘴角，说："考试期间你还来？真可怜啊，不过反正你也没有其他容身之所吧。"

我没心情回嘴，只是默默地生闷气。一群学生从门口走过，欢笑声渐行渐远，终于消失。活动室里一片死寂。学姐有些不知所措，她目光游移，似乎想打破冷场。"其、其实我也一样……"

学姐的声音十分没底气。我不耐烦的开口："请不要把我和你这种人混为一谈！"

小山雨季子学姐一愣。我移开视线。她缓缓起身，我以为她会立刻反击，谁知她拿过摆在角落的百科全书，又回到座位。那是一本满是细菌显微照片的百科全书，学姐把书打开竖在面前，仿佛在我们之间筑起一道壁垒。她的脸藏在书后，看不到表情。

这算怎么回事？我本想赶快回家，但又觉得回家就相当于认输，所以赌气继续坐在座位上。呆坐着也是浪费时间，于是我拿出课本，开始复习明天的考试科目。可是，我一个字都看不进去。

过了一会儿，学姐那边传来某种细小的声音。我突然意识到那是学姐的呜咽。她在哭，百科全书不是用来看的，而是用来挡住哭泣的脸。

"嗯？咦？"

她为什么哭啊？我只是和平常一样在开玩笑呀。不，不对，那并不是平常的玩笑话。我是为了迁怒而恶意贬低她，贬低这个全然无辜的学姐。

我经常惹人生气，不过多半是由于自己不懂事所致。像今天这样恶毒攻击他人是无法辩驳的低劣行径，我实在太差劲了。

学姐的脸藏在百科全书的另一侧，只能看到她扶书的手指、肩膀，以及垂落的头发。我放下课本发出的轻响让学姐的手指微微颤抖。我起身走近学姐，或许是有所察觉，她紧张地缩起肩膀。我战战兢兢地开口："嗯……"

学姐猛地站起来。由于动作太快，我没来得及看到她哭泣的样子，视野就被那本百科全书的封面占据了。那本书朝着我的脸飞过来。要是一般的书也没什么大不了的，但这几千页的知识宝库可是杀人级别的。

学姐用力拉开门，冲出走廊。面部与百科全书亲密接触的我一阵晕眩，鼻腔深处涌出鲜血的味道和触感。学姐的桌面上残留着几滴眼泪，直到那透明的水珠逐渐风干，也没有听到学姐折返的脚步声。

期末考试结束，暑假开始了。

八月过去，进入第二学期。

学姐再没来过文艺部活动室。

自从她落泪那天以来，我一次都没有见过她。

一天晚上，我从自己的书桌里翻出一个笔记本，那是我小学时的本子。

我盯着它看了半晌，然后开始写小说。

4

今年，我高二了。

初中时，我总觉得高中生很成熟，以为等到那时我一定会变得和现在不一样，交到许多朋友，还有女友相伴，过着意气风发的日子。然而，实际升上高中后，情况却没有任何改变，连别人打招呼我都没办法好好回答，每天只会自怨自艾：啊，活在这个世上，真对不起大家。

一个多月之后，新班级已经成为一个团结友爱的集体，气氛融洽到难以置信的程度。新班级有很多善于交际、性格开朗的学生。

然而，在大家兴高采烈地聊天时，孤僻的我却独自坐在座位上。我并非受到排挤，只是我生性内向怕生，因此至今都没有交到可以在课间一起闲聊的好友。班上气氛如此之好，唯有我一人孤零零的，好像成心破坏气氛似的，这让我内疚不已。

我知道自己有自我意识过剩的倾向，但却无力改变。明明同学只是与人谈笑，盘踞在我心中的肥猪一样的自我意识却在大声叫嚣："他们在笑话你！"

＊　　＊　　＊

小说的开头是主人公的内心独白。

在没有学姐的活动室里，我独自写着这篇小说，直至天黑。

作品的题目叫作《青春绝缘体》。

显而易见，主人公就是我本人。

＊　　＊　　＊

"咦？下节是数学课呀？"

"嗯、啊，嗯？"

突然有人找我搭话。

扭头一看，原来是邻座的铃木同学。她活泼开朗，因为她的存在，班上的亮度都提高了大约五百勒克斯。她正看着我桌上的数学课本。咦？下节难道不是数学课吗？我赶紧环视四周，大家也都拿出了数学课本。

我又看向一脸迷惑的铃木同学，她正拿着现代社会的课本。

"啊，对了，现代社会是下下节课。"

*　*　*

铃木同学也在《青春绝缘体》中出场。

此外，还增加了棒球部的山田君这个虚构人物。

*　*　*

今天，我一如往常地前往文艺部活动室，途中几乎没有碰到别人，楼道里很冷清。棒球场传来清脆的击球声，以及随之而来的惨叫"啊呵啊啊啊啊球击中我的蛋蛋啦啊呵呵啊呵啊""山田啊呵呵啊呵啊"等等。除此之外，整栋教学楼安静地恍若时间静止。

*　*　*

当然，学姐也出场了。

*　*　*

我为什么后来能直截了当地说出"你最好去死"这种话？下面将为大家献上事情演变过程的精华摘要。

~进入文艺部后某天~

"文艺部都做些什么呢?"

"……也没什么可做的。"

~进入文艺部后某月~

"我们不招新吗?"

"……不招。"

~进入文艺部后半年~

"学姐,你是不是很孤僻?"

"……这种问题怎么能当面问本人呢! 你还是滚回前世重新修炼一遍吧!"

~进入文艺部后十个月~

"人渣!"

"去死!"

*　　*　　*

在作品的很多地方,我都加入了自己的亲身经历。

＊　　＊　　＊

"喂，远藤同学，你现在要回家?"

问话的是骑着自行车的铃木同学。

嗯、啊，对呀……我支吾着回答，被吓得够呛。放学后，我总有种如释重负的感觉，"终于解放了""不用时刻提心吊胆了"，在我稍微放松之时，有人找我搭话，会让我受到非同寻常的惊吓。

"哦……远藤同学，你家就在这附近吧?"

"嗯、啊，对……"

"那我们可以一起走到那个便利店。要不要一起回家?"

＊　　＊　　＊

我不好意思用自己的名字给主人公命名。

所以用"远藤"代替本名。

＊　　＊　　＊

啊，啊! 尽管时间短暂，但我与同班女生，而且是很可爱的女生，一起回家了! 如前文所述，这件事对我而言宛如梦境，简直就是一场突如其来的青春火花！！可惜的是，我无法和她正常聊天，让她感到很无聊。看来就算是青春火花对我也毫无用处。和女生一起回家这种充满青春气息的事情，当我成为当事人时，就变得傻乎乎的。怎么说呢，对于青春这种东西，我就像是绝缘体般的存在。

* * *

此外，还有一些与现实不同的地方。

就是最后的发展。

也就是在活动室惹哭学姐后发生的事情。

* * *

我刚一开口，学姐的肩膀明显一颤。她猛地起身，用百科全书砸向我。要是普通书也就罢了，但那可是百科全书啊。几千页的知识宝库迎面飞来，我赶紧闪身躲避。

学姐趁机冲出活动室。

"喂，等等……"

我呼喊着想要追上去，但刚才闪身时扭了腰，一阵剧痛袭来。我勉强站直，腰部却痛苦地发出呻吟："你再蛮干……以后就再也踢不了足球了……"不过，我本来就不踢足球，所以无所谓。

"啊——!"我大吼一声,奋力追赶学姐。

跑出活动室,学姐已不见踪影。跑出教学楼,看到学姐正奔向校门。我穿着拖鞋,拼命向她冲去,完全无视腰部发出"啊啊啊啊啊啊啊啊"的惨叫。

学姐跑得很慢,她以为自己在跑,其实连小学生都比不过。而我是罕见的豆芽菜转世,速度之慢不亚于学姐。距离一点儿没有缩短。现在还能勉强看到学姐的身影,可是她一旦拐弯,我就会把人追丢。

*　　*　　*

现实状况是我头昏眼花,鼻血直流,半天动弹不得。可是,至少在小说里,我想要追上去。故事后来的发展支离破碎,我也不知应该怎样收场。只有故事的高潮部分是毫无真实体验的纯粹虚构。

*　　*　　*

学姐穿过校门,几十秒后,我也穿过校门。学姐向坡道下方的便利店跑去,距离那里还有几百米,我得在那之前追上她。过了便利店有好几条小路,倘若学姐冲进小路,我就找不到她了。虽然跑得很慢，但我咬牙坚持，距离在逐渐缩短，终于只剩十几米了。然而，这时我的腰部已经到达支撑极限，我再也无法拉近半米。

慢跑中的棒球部飞快超过我。我瞪着他们的背影，可恶，我为何跑得这么慢！突然，其中一人跌倒了，由于坡度很陡，他借着惯性滚下去。"嗷嗷嗷嗷嗷嗷（咕噜咕噜咕噜咕噜咕噜）""山田啊啊啊啊啊啊啊啊！"

那人从学姐身边滚过，学姐一惊，停下脚步。好机会！我正想一口气追上去时，双脚绊在一起摔倒了。

"嗷嗷嗷嗷嗷嗷（咕噜咕噜咕噜咕噜）……"滚啊滚啊滚啊，世界在我面前旋转。

滚到坡道尽头，终于停住了。夏季校服很薄，我全身伤痕累累，疼得想哭。

* * *

我必须向学姐道歉，我有话必须告诉她，非说不可。

* * *

我滚得太过火，双腿发软，头晕目眩。尽管脑筋不清醒，但我知道自己有话要说。我朝学姐大喊：

"我、我喜欢你!"

* * *

进入第二学期,我还是没有遇见小山雨季子学姐。我想也许她会待在图书室,于是暗中监视了一阵,但没有看到她的身影。她大概避开了所有我可能会去的地点。学姐竟然躲得如此彻底,我不禁怀疑她根本没有来上学。万一我害她退学了可怎么办?

一天午休时,我终于下定决心去高二教室找学姐,当面道歉。我只能想到这个办法。可是,去高二教室这件事难度太高,那里一定有不良学长,看到我这种鬼鬼祟祟、身体瘦弱的一年级学生,不知会做出什么残忍的事来。我连进自己班都很紧张,更别提要踏入陌生的高年级教室了。我真能做到吗? 我在楼梯平台停下脚步,努力平复因紧张而引起的呕吐感。这时,一个声音传来:

"咦? 这不是山里同学吗? 很少在这里见到你啊。"

铃木同学欢乐地跑过来。要是平时的话,我一定会吓得手足无措。然而此刻看到她,倒让我紧张心情稍微有所缓解。我想在国外遇到同胞时,一定就是这种感觉吧。

"你在干什么呀?"

"我要去高二的教室。"

"为什么?"

"我有东西必须要交给社团的学姐。"

我拿出笔记本晃了晃，那里面有我写的小说。

"是文艺部的学姐吗?"说着，她似乎想起了什么。"对了，我听说过一个很有意思的人。你是文艺部的话，应该知道吧? 据说，几年前我们高中有一个爱书成痴的女生。"

"爱书成痴的女生?"

"她呀，是个重度铅字中毒患者。和朋友一起吃饭时也不肯放下书。不仅如此，因为她总是边走路边看书，所以经常撞到人，或者踏空台阶滚下楼梯。更厉害的是，滚下楼时还把手指夹在书中，以免忘记读到哪里。"

"……啊、啊，真是个怪人呀。"

"你没听过那个人的传闻吗?"

"世上真有那么古怪的人吗?"

"世界之大，无奇不有嘛。原来你不知道这事啊，不过，我真想见见她呢。"

铃木同学一脸遗憾。其实，我知道她说的是谁。那种怪人世上不会有第二个了。铃木同学形容的那个人怎么想都是我姐姐潮音。情急之下我谎称不知道，是因为觉得太丢脸。我可不想让人知道自己的亲姐姐就是那个传说的主角。

"我也正要去找学姐玩。"

铃木同学毫不犹豫，毫不紧张地开始上楼。

"怎么了？走啊。"

午休时，校园很热闹。今天天气晴朗，碧空如洗，女生三三两两地坐在外面长凳上吃便当，一群群男生在欢笑打闹。我和铃木同学走在高二教室所在的走廊上，我连学姐在哪个班都不知道，所以只能一间间查看。虽然遇到几个打扮得像不良少年的学生，但他们并未做出我担心的恐怖行为。铃木同学碰到熟人，接二连三地打招呼，她在二年级里好像也有大批朋友。对方无论是男生、女生，还是老师，她和任何人都能攀谈。运用不设壁垒的无防御战术，她可以迅速与初次见面的人聊得火热。在我看来，她就像会妖术一样。这样神奇的铃木同学上次居然说想看我的小说，虽然那可能只是客套话而已。

我写小说的动机是一种无法与他人言说的阴暗情绪。但是，我想以此为动力，尝试写作。我想写的不是仅仅局限于那间小小的活动室，只有我和学姐才懂的故事，而是铃木同学或她的朋友读过也会喜欢的作品。我一直希望"那些幸福的人类全体爆炸吧！"，但同时，也憧憬能够融入集体。虽然我不确定写故事是为了报复大家，还是为了被大家接纳，但我总觉得写作也许可以带来某些改变。一直以来，我徒有梦想，却从未行动，只是在原地踏步。然而，就连这样的我，好像也能朝某个方向迈步前行了。我不想一个人离开活动室，也不想抛下另一个自己。此刻，我害怕得腿软，紧张得头痛，但我仍极力抑制住逃跑的冲动。事已至此，唯有向前，因为我有必须要去的地方。

铃木同学和二年级的朋友在走廊里聊起来。我没有打扰她，独自走开。虽然心中充满恐惧，但是剩下的路就让我一个人走完吧。离开铃木同学，午休的喧闹声好像蓦然飘远，校园瞬间安静许多，连微风吹拂树叶的声音、鸟鸣声和振翅声都听得一清二楚。我走在宁静的走廊里，逐间查看二年级的教室，然后在不知第几间教室跟前停下脚步。

教室里，一个女生正在桌前看书，乌黑的长发披散在肩膀、手臂和椅背上。银框眼镜的镜片很薄，框架也纤细得像铁丝一样。那专注看书的侧颜果然很成熟。其他学生都在三三两两地聊天，只有她孤零零的。看着她就像看着自己，我心中一阵绞痛。是我把她赶出了唯一的容身之所文艺部活动室，所以她只能孤独地待在这里。

进入陌生教室也不再让我痛苦了。

回过神来，我已来到学姐的身旁。

"学姐……"

学姐倒吸一口凉气，转过头来。

一看到我，她的脸颊和耳朵像热得快一样瞬间涨红。

"我把文艺部活动的报告书拿来了。"

我把笔记本递给她，学姐的视线在我和笔记本之间逡巡，嘴唇翕动，眼神像受惊的小动物似的，随时都会哭出来。

"你、你……"声音细如蚊鸣，但的确是学姐的嗓音。

"我写了一篇小说。反正学姐一直不来活动室，我也很闲。"

学姐满脸通红，紧张得肩膀僵直，从我这里接过笔记本。这幅场景在外人看来，会不会觉得我在向学姐表白啊？我不安地环视四周，其他学生果然注意到了我们。学姐察觉到旁人的视线，羞愧地低下头，长发如面纱一般遮住脸颊，头顶好像马上就会冒出蒸汽。她不知所措地开始翻阅笔记本。

"你、你写得很长啊。"

"是啊。"

"我、我的名字……"

怎么会出现在这里？后半句她没有说出口。

"这是私小说①。不过也有一些不同于事实的地方。"

不知何时，铃木同学站在教室门口看着我。其他学生也一边聊天，一边留意着这边的动静。以前肯定从来没人来找过学姐，甚至说不定这是他们第一次看到学姐和别人说话。我全都明白，因为我也是这种人。

"笨、笨、笨蛋，你、你、你干嘛……"学姐用只有我能听到的声音说，"跑、跑、跑、跑到这里来……"

"我想向学姐道歉。"

---

① 私小说：日本近代文学中特有的小说形式。这类作品往往以作者自身为主人公，翔实描写自己的生活经历、心理活动等。

学姐害羞得几乎缩成一团。

"……但、但是，该道歉的，是我。其、其实，我是这种样子……"

"我也差不多。"

"你、你加入文艺部时，我怕不能再霸占活动室，想赶走你。所以，才说得那么难听……"

你这个人太孤僻，赶快去死吧！这就是初次见面时学姐对我说的话。原来她是不愿让我夺走那个安逸的活动室才口出恶言的呀。可是，我并没有被吓跑，留在了文艺部，所以她只好继续以不同于平常的态度对待我。

"学姐你真是个别扭的人。"

"少、少、少废话……"

"啊，真受不了。我们换个地方说话吧！"

学姐的手腕好细。我们肌肤相触的刹那，她全身一颤。我抓着她的手腕，把她拉起来，她吓了一跳，不过她似乎也想赶快逃离此处，于是肯定地点点头。我们在教室门口与铃木同学擦肩而过。不知为何，她朝我做了一个加油的手势。

"我、我不想让你看到……"学姐快步走过楼道，哽咽着说，"只有你，我不想让你看到我在教室里那么可怜的样子。"

经过的学生几乎都对我们视而不见，只有几个人注意到学姐在哭，所以把视线投向这边。我们在楼道里走着，虽然不知该往何处去，不过我始终握着学姐的手。

为了刻意营造气氛而胡乱写成的高潮部分中，我边滚下坡道边追赶学姐。虽然纯属虚构，但我十分满意这一段。

那天，在活动室写完小说时，天已经黑了。

伸手不见五指。

可是，我却觉得还来得及追上学姐。

虽然自"百科全书砸脸"事件后，过去一个多月了，然而，我相信如果像小说中的自己那样，不怕丢人，哪怕滚落坡道也不放弃的话，一定能够抓住学姐的手。这是小说教给我的道理。作品中的自己，让身为作者的我明白了什么是该做的，什么是必须做的，以及什么是理想的结局。

《青春绝缘体》。

这是我的故事。

奇　境

1

……啊，不行了。从刚才开始就头痛得厉害。咦？什么？我在跟你说话啊。没错，就是你。我说我头痛得厉害，头两侧一阵一阵地痛。没关系，这是老毛病了，应该很快就会好。这种时候，我总是蜷缩在房间角落，咬牙忍受。把音乐开到震天响，有助于缓解疼痛。但是目前，根本没办法放音乐。你放音乐试试，马上别人就会发现这间空屋有人。何况这里没有 CD 播放器，没有扬声器，连电都没有。没事，如果头痛得太厉害，我会出去透透气。河堤附近看着一片波斯菊，我会去看看花，抽根烟什么的。

不，现在可不是做那种事的时候。我知道。可是，我也担心下次又不行可怎么办？没错，这不是第一次了，过去我也试过好几次，每次都失败，头越来越疼，还要处理尸体，再搬到其他小镇。周而复始。

这样的生活持续了三年左右，累死我了。好寂寞，一直想找个人聊天，有人肯听我说说话就好了。谁都行。如果能和别人聊聊，头痛或许也会减轻吧。

不过，这里真安静啊。车声、人声，都听不到。以前这里住的是什么人啊？没钱把房子拆除吗？从地上的灰尘厚度以及房间摆放的家电款式来看，这栋房子至少已经废弃二十年了。

好，也该出发了。得找个女人来。在附近下手太危险，我打算去车程一小时远的地方碰碰运气。不是什么人都可以，必须是我看上的才行。如果这次能找到完全契合的就好了……就像一把钥匙配一把锁那样。我曾经梦见，如果完美匹配，女人的肋骨就会啪的一声打开，那是通往天堂的大门。这样一来，头痛也会痊愈。这就是钥匙与锁孔的关系啊，或者说是男人与女人的关系。神明将人类分为男和女，真是混账！

*　　*　　*

去小学的途中，我捡到一把钥匙。那钥匙就躺在道路正中，在朝阳的照耀下闪闪发光。乍看之下，我以为那是一枚百元硬币，满怀期待地跑过去，却发现只是一把普通的钥匙，不禁大失所望。我用手指捏着钥匙，从各个角度细细端详，怎么看都是一把毫无特征的银色钥匙。没挂钥匙链，形状扁平，伸入锁孔的部分呈锯齿状。也许我应该把它交给警察或老师，但我并没有那么乖，于是就把它占为己有了。

同学和老师以为我是诚实认真的优等生。是因为我不会像其他同学那样上课捣乱被老师批评吗？还是因为我每天都按时完成作业呢？麻烦的是，我作为好学生的形象已经深入人心，一旦做出稍微出格的事，大家就会惊愕万分。

如果我没做作业，老师一定会摆出"其他孩子也就算了，但是高田君可不是这种人啊"之类的表情。如果我像其他男生那样怪叫打闹，女生一定会吓得脸色苍白，以为我疯了。所以，为了维持好学生的形象，我只能循规蹈矩地度过每一天。

直到放学离开教室前，我都没有想起钥匙的事。今天要上补习班。其实我根本不想去，但妈妈希望我去，而且我认为顺从父母的意愿是孩子的责任，所以没办法，只好去了。只要我保持现在的成绩，妈妈就会满意，家里气氛也会很融洽。

走廊里到处都是学生，吵吵闹闹。我边走边把手伸进口袋，想确认钱包里有多少钱。我想先去便利店买个饭团再去补习班，如果在回家之前不吃东西，饿着肚子可没法专心听讲。上补习班的日子，妈妈会允许我在外面买东西吃，也会给我钱。

掏钱包时，我摸到一个凹凸不平的物体，拿出一看，原来是今早上学时捡到的钥匙。光泽闪亮的银色表面虽有细小的划痕，但是仍然不失美感。

不过，这是哪里的钥匙呢？疑问一旦产生，我就忍不住很在意。这把钥匙能够打开的门在哪里呢？也许这不一定是大门钥匙，而是房间钥匙，又或许是置物柜钥匙，也有可能是车钥匙。

上补习班之前还有一点儿时间，平常我都会提前到达，预习或复习功课。但是今天，我想到了更有趣的方法打发空闲。我要去调查这是什么钥匙。

首先，我尝试了校园里的各种锁孔。从班级教室开始，理科实验室、音乐教室、办公室、乃至更衣间的置物柜、各个社团的活动室以及放置体育设备的仓库，总之，能看到的锁孔我都试了一遍。当然，并没有那么容易找到答案。我离开学校，在便利店买完饭团后前往补习班。途中只要看到锁孔我就会插进钥匙试一试，比如停在路边的汽车或附近住户的房门。依然没有一处符合。

在旁人看来，我的举动一定十分可疑。如果让人发现，大概会被叫住盘问吧。即使如此，我仍然玩得很开心。这个游戏既有趣又刺激，让人欲罢不能。

回家吃晚饭时，我向妈妈汇报了今天在学校和补习班发生的各种事情。爸爸总是回家很晚，所以只有我和妈妈一起吃饭。我隐瞒了捡到钥匙的事和放学后的冒险。我并不是任何事都告诉父母的乖孩子。

在上学和放学途中调查锁孔成了我日行的功课。车门、车站的投币式置物柜、打烊的商店拉下的百叶门、自动售货机……各种各样的锁孔我都用捡来的钥匙试过了。上学路上的锁孔全部试过后，我便踏上平常不走的路线，寻找未确认的锁孔。我在十字路口拐入陌生的方向，在一条毫无特色的岔路里四处查看。一扇平素会当作背景一部分、视而不见走过的住宅大门引起了我的注意，走近后却招来一阵狗叫，这才发现那家养了一只巨型看门狗。

我捡到的钥匙不符合任何一个锁孔，多数时候连插都插不进去。日子一天天过去，我花在寻找锁孔上的时间越来越长，行动范围也逐渐扩大。我走过之前从未涉足的道路，登上陌生的台阶。明明就在自家附近，却发现了前所未见的竹林和停有奇怪车辆的住宅，并且第一次爬上小山坡俯视小镇。每次见到新鲜的风景，我都不禁惊叹，难道过去自己都是闭着眼到处走的吗？我想这大概是因为平时只选择熟悉的道路，从不偏离既定路线，也不会驻足欣赏周围风光的缘故吧。

一天，我因为调查锁孔，回家晚了。用保鲜膜包起的晚餐放在一边，妈妈趴在桌上打瞌睡。我摇摇妈妈的肩膀，她抬起头，说："你回来啦。功课怎么样呀？"

和往常一样，我和妈妈边吃晚餐边闲聊，突然，听到电视里播放了一条新闻。

"你也要小心，以后再像今天这么晚回来，还是先打个电话比较好。是不是该让你带个手机呀？不过还是算了。万一你光玩手机不学习可怎么办呀。"

我心不在焉地听着妈妈唠叨，眼睛盯着电视机。新闻里说，一个女大学生失踪，可能卷入了犯罪事件。画面下方打出字幕说明失踪女生穿米色开衫、灰衬衫、高跟鞋，背棕色皮包。播音员还呼吁大家如果发现这样打扮的女性，尽快拨打底下显示的电话号码。令人吃惊的是，那个女生失踪的地方并非我从未涉足的远方，好像就在距我住的文善寺町一小时车程的邻镇。电视上出现的画面是父母带我去过几次的购物中心的停车场。

2

　　我明白。我早就明白自己这颗脑袋是劣质品。赶快死掉才是解脱，死掉就不会头痛了。我这种人就应该尽早浇上汽油一把火烧死，才是造福社会。

　　刚才车里的广播在报道案件。看来那个女人好像不是独居。要是独居的话，警察采取行动的速度也太快了。独居女人失踪，旁人往往要过好几天才会发觉。一直以来都是如此。但是，这次的女人似乎和家人同住。算了，这种事想也没用，反正现在已经不能找那个女人确认了。

　　头痛还在持续，侧头部就像被人用铁棒挤压一样。不用担心，我没事。看来这次期望也落空了。把刀插入那女人的胸口也没有平复头痛。

　　那女人在冰箱里呢。虽然没电，但是能阻隔一阵子味道。我知道埋起来比较好，可是挖个足够大的坑也是一件苦差事。我头痛得这么厉害，怎么干得了！真可气，又生气又伤心，就因为头痛的缘故，我连个正经工作都找不到。

唉，算了。总之，又失败了。既然头还疼，就证明我找错了人，她不是与这把刀完美契合的女人。这是钥匙与锁孔的关系啊，若是钥匙与锁孔契合，门就会打开。同理，若是刀的形状与肋骨契合，女人的肋骨就会啪地打开，那是通往天堂的门扉。也许听起来像天方夜谭，但那却是真的。一旦那扇门打开，希望就会像婴孩呱呱坠地般诞生于世，我的愿望也会实现。到那时就能彻底摆脱头痛了。我知道，这全是真的。你好像并不相信？你……

你到底是谁……？

你真的存在吗？

……对，我开玩笑的。你就在这里。毋庸置疑。要是有人质疑你的存在，那他一定是疯了。我还记得在何处与你相识。应该是……那个……嗯……

唉，算了，复杂的事就别去想了。总之，这次也不对，亏我还在车里仔细观察了好久。失败的原因在于衣服。隔着衣服看不清肋骨的形状。微妙的差异就会导致失误。肋骨的弧度、骨骼间的缝隙，这些必须奇迹般地与刀形完美匹配。全怪衣服，害我误判了那女人的骨骼形状。她的肋骨居然与刀形不合……刀子的形状……

这把刀……。

我在哪里弄到这把刀的？

我怎么会有这种东西？

头越来越痛。还是先躺会儿吧。恢复精神再考虑将来的事。这个空屋应该还能暂时充当行动基地，我打算再抓一两个人，试试运气。

＊　＊　＊

"高田，昨天的作业你做了吗？不好意思，借我看看可以吗？"

邻座的朋友问我。他的表情可没有半点不好意思的样子。我拿出数学作业本，朋友没有道谢就接过了。和往常一样，我做作业，朋友抄。一开始他还道谢，但现在已经习以为常了，过分的是，他有时连招呼也不打就擅自拿走我的作业本。我没有指责他。有人拿我的作业抄，就说明我还有存在的价值。如果不让朋友抄作业，那我这个人在他眼里也就成为没用的东西了。对老师和妈妈也是同样，如果我不努力读书，不乖乖听话，那么对他们而言我也就不再具有任何价值了吧。

上课时如果被老师叫到，就要声音响亮、充满信心地回答。在补习班也是，怕跟不上功课，必须拼命努力。我不得不时刻注意维护优等生的形象，唯恐让人失望。即使升上初中、高中，成为大人，依然要顾虑他人的眼光，小心翼翼地生活。

在课堂上，我攥紧钥匙的手藏在桌下。放学就去找锁孔，一定有与这把钥匙吻合的锁孔。世上某个角落，有一扇门能用这把钥匙打开。我想看看那会是一扇怎样的门，门的那边会是怎样的光景。

你问我动机何在？为什么要做这种无聊事？是出于冒险心，或好奇心？或者只是想逃离？只是想逃出此地，到其他地方去？也许我在期待着门的彼端存在着一个不可思议的国度，像爱丽丝歪打正着闯入的仙境一般。

我以捡到钥匙的地点为中心，把半径数公里范围内的住宅、公寓、店铺的大门都调查了一遍，没有一处锁孔符合。我甚至试过锈迹斑斑的铁丝网上挂的锁头，但是连钥匙的前端都插不进去。我没有灰心，反而斗志愈加旺盛。

有些公寓楼必须要穿过警卫把守的大厅，按下要拜访住户的呼叫门铃，请对方打开大厅的自动门。我没有认识的住户，无法进入，因此我想出了一些对策。比如，先藏在公寓门前的树丛里，看到中年女性购物归来，就跟在她身后假装她的孩子，偷偷溜进去。或者装作是一起放学回家的小学生兄弟，一起进楼，或者躲在快递的大箱子后面伺机进去。此外，监视摄像头也是个问题。我尽量避开摄像头可以拍到的区域经过走廊，无论如何都会被拍到时，就埋头前进。然而，公寓楼里那么多扇大门，却没有一扇能够被捡来的钥匙打开。不过如果真的打开，我要怎样面对里面的住户呢？

不，其实我在把钥匙插入锁孔前，就常常有种预感，觉得这扇门肯定打不开。我明明在寻找吻合的锁孔，内心深处却常常祈祷自己不要找到。

那件事发生在不用上补习班的一天。

那天班会结束后，我一离开学校就立刻开始着手寻找锁孔的工作。一条大河流经小镇北部，今天我打算去搜寻那片地区。

河流沿岸只有零星住宅，大部分是老房子。与住宅密集的地区相比，这里的锁孔数量也很少。我趁没有行人经过时迅速把钥匙插入民宅的锁孔，然后逃离。这样的行动一次次上演，我知道自己很像可疑人物，所以绝对不能让人发现。如果被误当作小偷抓到的话，就会被移交警方，学校和家里也会知道，那样我在老师和父母心中的地位就会一落千丈了。

结果，那天直到夕阳把西边天空染成橙色，我依然一无所获。河边视野十分开阔，晚霞满天，只飘着零星几朵云彩。河堤旁开满波斯菊，河对岸的公寓楼与独栋民宅交相而立，玻璃窗在夕阳下闪闪发光。

穿过河堤是一片杂木林。由于逆光的关系，杂木林笼罩在浓暗的阴影之下，黑乎乎的一片。凝神细看，一户民宅的屋顶隐约可见。我原以为周边民宅的锁孔已经试遍了，没想到居然漏掉了这里。

走近一看，那里好像是一座空屋。及膝高的杂草一直长到大门口。微风吹动，剑刃般的草叶蹭到我的腿，阵阵刺痒。屋顶的瓦片部分脱落，斑驳陈旧。外墙的木板也腐朽不堪，苔藓丛生。

不过，这里真的是空屋吗？荒废的庭院里停着一辆白色小车，让我心生疑窦。相对于破败的房屋，车子显得很新。虽然不是新车，车身也很脏，但是却没有生锈，也没有藤蔓缠绕。车轮碾过杂草，而杂草的颜色依然青翠，可见车子是最近才停到这里的。

车里乱糟糟的，食物碎渣、毛巾、纸杯、塑料瓶等等四处散落。不知为何，后车座下面还胡乱放着一双高跟鞋。慎重起见，我把捡来的钥匙试着插入驾驶座一侧的锁孔。不行，不吻合。

聒噪的乌鸦飞过天空，消失在杂木林彼端。在高大树木的包围下，民宅周围十分昏暗。傍晚的天空好像散发着红光，参差交错的树枝幻化成漆黑的剪影，形成巨网，把这一带遮蔽起来。

车子不行，那屋子呢？

为了调查锁孔，我走近民宅大门。

3

这是所谓的偏头痛。以太阳穴为中心，阵阵作痛。疼痛以固定
的节奏向我袭来，恍惚中我觉得自己的脑袋里好像藏着一颗心脏。
疼痛如同压缩血管送出的血液，沿头盖骨扩散。像植物的根茎那样
伸展，死死勒住头盖骨。如果勒得太厉害，我就会恶心得想吐。干
脆在脑袋上挖个洞，把疼痛的病灶割掉算了。若真能这样，那就太
好了。

我一直在用手拍打耳朵上方以减轻疼痛。也许你会问拍打头部
不是会加剧疼痛吗？其实正相反，这样拍打头部两侧可以打乱疼痛
的节奏，像植物根茎般遍布头盖骨的疼痛就会缓解一丁点。

我筋疲力尽，而且好想哭。最近，不知为何我很想回到童年时
代的居所。我怎么会跑到这么远的地方？我从未想过要跑到这里来
呀！我想回家，回到有爸爸妈妈在的地方。但是，他们早已不在人
世了，家也被拆除，消失不见了。我无家可归，只能在那辆车里度
日。我有时会找这样的空屋，住上一阵，但毕竟是擅自借用，没办
法踏实安心地居住。

我只能在梦里重返家园。因为没有照片，我只能闭上眼，在心中默默回忆家的样子。要是能回去就好了，回到有爸爸妈妈在的那个家。那时，我无忧无虑，快乐幸福。好想回去啊。可如今，我终日惶恐不安，恨不得缩成一团躲进地缝里。那时，我怎么会活得那么心安理得，就像被温暖的毛毯包起来一样。而且也不会有头痛的困扰。到底是什么时候呢？到底是什么时候我发现自己的人生是一出巨大的失败呢？

啊，对了。我曾经喜欢过一个人，是同班女生。我爱她，真的，但还是不行。一想起她我就反胃恶心，她说得太过分了。我想回家，想见爸妈，我想让他们把我拥入怀中，夸我已经很努力了。救救我，让我回家吧。但这是不可能的，那个家没有了，家门被劈碎，拿去当柴烧，一定早就烧成灰了。

等等，外面是不是有动静？

* * *

电表是停的，那么，这果然是空屋吧。

我试着把钥匙前端插入大门锁孔。夕阳透过杂木林照在银色的钥匙上，钥匙表面蒙上了一层红光。可是，钥匙只插入几毫米就卡住了，再怎么用力也无法推入分毫。我呼出一口气，看来也不是这栋屋子。今天到此为止，回家好了。如果太晚回去，妈妈又要把饭菜蒙上保鲜膜，趴在桌上打瞌睡了。没有补习班的日子迟迟不归也许会引起妈妈的怀疑，并对我的行动追根究底的。

我刚要转身离开，又突然停下脚步。

对了，我还没有尝试后门呢。

这个地区的很多住宅既有前门，也有后门。我一个门都不想放过。好，决定了，慎重起见，后门也试试吧。

我沿着墙根移动，后门在哪里呢？我穿过齐膝的杂草，小心避开各种飞虫，蹑手蹑脚地前进。在杂木林的遮蔽下，光线十分昏暗，但是还能看得清楚。

经过窗前时，一股恶臭迎面扑来。

是食物腐烂的气味吗？窗户开着，味道似乎是从屋内飘出的。我踮起脚，向里面窥看。这里好像是一间厨房，虽然没开灯，但是也不至于黑得看不见。我看到明显无人使用的灶台和流理台，以及陈旧的冰箱和电饭煲。一团破布丢弃在角落，好像是衣服。还有一双运动鞋和褐色小皮包，皮包里的东西掉出来，化妆品、钱包之类的散落一地。桌上摆着便利店的口袋、吃剩的面包、瓶装水和大量空啤酒罐。这地方脏得仿佛随时都会爬出蟑螂。地面罩着厚厚的灰尘，有脚印和拖行某物的痕迹。到处是污垢，也许是因为夕阳朦胧的光线，那些污垢看起来是黑红色的。

就像是鲜血四溅，与灰尘混合后的那种颜色。

拖行的痕迹一直延伸到冰箱。冰箱的隔板不知为何被拆下来扔在一边。难道是要把某个巨大的物体塞进冰箱？因为嫌隔板很碍事，所以拆掉了？

从冰箱门缝垂下无数黑色丝状物。

应该是东西没有完全放好就关上门了吧。

在我看来，那黑色丝状物仿若女人的长发。

$$*\quad*\quad*$$

……完了！那个少年一定会全部说出去，完蛋了！警察肯定马上就会来。荷枪实弹的警察会团团包围这栋屋子，警车也会出动吧。我逃得掉吗？还是应该和这个地方同归于尽？浇上汽油放把火？不，一切还是未知。我没有确认那个少年最后的情况，就回到这里。因为注意到刚好有人下车，附近住宅也好像有人要出门，所以我只好匆忙折返。要是没那些人碍事，我原打算抓住那个少年，堵住他的嘴，把他带到此处。可是，我居然让他溜掉了。

刚才外面有动静，或许有人在附近，我决定一探究竟，因此我从后门悄悄溜出，沿墙根前进。刚要转过屋角，突然听到有人倒抽一口气。与拿刀抵住那女人喉咙时一样，那是人类怕到连声音都发不出的反应。

事到如今，回想起来，那个少年是不是从窗口看到了厨房的情景？厨房地面血迹斑斑，女人的头发垂在冰箱门外，而我一直不把这些当回事。然而，那个少年看到这一切，大概会觉得这栋空屋不对劲吧。

头发露出来怎么了？不过是几根头发，睁一眼闭一眼不好嘛。他能猜到冰箱里藏有尸体吗？可是，尸臭那么严重，对方又正值想象力爆棚的青春期，肯定会猜到真相吧。

我好后悔，如果当时立刻冲出去，也许就能当场抓住那个少年。但是我没这样做。听到抽气声后，我仍然紧贴外墙，留意对方的动向。

我有我的理由。我怕转过屋角后，会出现携带警棍的警察。发觉外面有人时，我还未曾亲眼确认来人身份。我不知道那人只是个小小少年，所以才会如此胆战心惊，躲在暗处窥探对方。如果来人是不好对付的警察，我打算等他靠近，再攻其不备。

就是那个时候。我听到拨开草丛逃离的声音。那家伙一边逃，一边发出模糊的凄惨嘶吼。我原本打算追上去，但那家伙已跑过车旁，身影渐渐远去。看到他背着黑书包，我才知道他是个小学男生。当然，我也没有就此放弃，我是大人，应该能够追上。

夕阳下，开满大波斯菊的河堤显得格外绚烂。花朵随着微风款款摇摆。西方天空已经暗下来，紫色的云彩间有星光点点闪烁，宛如深邃的宇宙。少年奔下河堤，朝住宅区跑去。多么美好的情景，如果可以一边听音乐一边欣赏这一切，该有多幸福啊。

也许是察觉到有人追赶，少年不断回头张望，说不定他已经看到我的脸了。不，不好说。我背着夕阳追赶，少年可能只看到一条漆黑的身影。要是被他看到脸那就麻烦了。

少年在叫喊。他拼尽全力呼救，仿佛不要命了似的。但是，刚进入住宅区不久，这场猫捉老鼠的游戏就结束了。

只听砰的一声，少年的身体被撞飞，一辆车急刹车停下。全速飞奔的少年没注意到交通状况，就直冲进十字路口，结果被车撞到。我看到人群渐渐围上来，因此没有确认少年的情况就折返回来。

果然走投无路了，唯有一死。我筋疲力尽，好想早点儿解脱。或者，我可以向警方坦白一切，也许他们看我可怜，会放我一马？也许他们会体谅我的所作所为都是为了消除头痛，是无奈之举？

为了消除头痛？为什么为了消除头痛，要把女人……理由何在？对了，和刀子有关。把刀子插入女人身体，若形状完美契合，肋骨就会啪的打开……啪的打开？人的身体吗？我在说些什么啊？哦，对了，我做了这样的梦呀！就如同一把钥匙配一把锁，找到与刀子契合的人体，所有愿望都能实现。就像婴儿诞生一样，诞生希望。神明会拥抱我，头痛会停止，我也能回到童年时代的那个家。回到那里，吃上妈妈做的饭菜，我一定会哭出来。对，如果警察问我犯罪动机，我就老老实实这样说吧。没有纸笔怎么办？不赶快记下来就会忘掉了。可是，他们会听我这个残次品说的话吗？

喂，你、你觉得呢？

……果然只有死路一条。结束一切吧。如果那个少年看到了我的长相，那么逃到哪里都无济于事。对了，首先要确认他到底有没有看到我的长相。我要悄悄走近他身后，拍拍他的肩膀，如果他回头大惊失色，双目圆睁，就表示他认出了我。这时再给他一刀也为时不晚。相反，要是他看到我的脸毫无反应，那就不用管了，反正他也不认识我。我可以找地方躲一阵，等风声过去再出来。

没错。

去找少年确认。

这样就行了。

……

又开始头痛。

这就是偏头痛啊。

就像脑袋里长着心脏，阵阵抽痛。

真是痛死我了……

4

被车撞到一度昏厥的我在送往医院的途中恢复了神智。身上有一些擦伤和严重的瘀青，但简单处理过就无大碍了。我请人找来警察，说明我在空屋看到的情况。不知何时，父母和老师都来到医院。等我回家时已经快九点了。

当晚，警察在空屋的冰箱里找到了女人的尸体。验尸结果证明那是前几天失踪的女大学生，然而凶手依然下落不明。大概是在警方赶到前逃掉了吧。大批警察搜索了周边地区，却没有发现可疑人物。

第二天，一个语气温柔的女警察来到我家，问我犯人的身体特征和长相。然而，我几乎什么都答不出。我逃跑时，背后追来的肯定就是凶手。假如当时被逮住，我的下场会如何呢？不过，我没看清凶手的长相，那人身后的夕阳太晃眼，我只看到一条人影，连大致年龄都无法辨认。我也不记得那人的服装，脑海中只有一个漆黑的身影，甚至性别都说不出来。而且，当时根本没有观察对方相貌的工夫，我吓得魂飞魄散，逃命都来不及。

之后，也没有凶手落网的消息。我没去学校，一直在家等待。老师和同学会将课堂讲义送来。老师说学校紧急召开了家长会，要求全校学生放学回家必须结伴而行。

不用上学和去补习班固然轻松，但是不出门就无法调查锁孔了。我想去附近散散步，妈妈都不让。

"不行！外面很危险！"

"为什么？"

"凶手可能还在外面！"

妈妈一边说，一边在我打开家门前死死抓住我的胳膊。

一天晚上，确认父母睡着后，我把钥匙放进口袋，偷偷溜出家门。一出门，夜风迎面而来。不用说，我的目的当然是寻找与钥匙匹配的锁孔。

途中经过河边，河堤前方就是杂木林。月色中，那片地区就像一团厚重的黑影。黑暗深处座落着女人遇害的空屋。地板的血迹、脚印、拖行的痕迹，一想起在那里看到的景象我就差点儿吐出来。凶手在空屋与女人尸体共度数日，真不知道是怎样的心理状态。

突然，我的脑袋遭到一记重击。我抱头倒在地上，一时无法理解发生了什么事。后脑疼得像要炸开，鼻腔深处涌出血腥味。一个男人站在旁边低头看着我，他右手攥着一块凹凸不平的大石头。

路灯照在男人身上。我的视野模糊，扭曲不定，好像望着很远的地方。从胡须、皱纹以及发量来看，男人大约五十岁左右，他身上脏兮兮的衣服发出阵阵恶臭。

我吓得出不了声。想逃身体也不听使唤。男人涣散的目光缓缓转向我。是凶手。男人骑在我身上，几乎要压爆我的内脏。他握着石头的右手高高举起。那手遮蔽了月亮。我放声大喊，紧接着石头落下，砸在我头上。

我捂着头，不停呻吟。一点都不疼。我正躺在自己房间的床上，满身大汗，连枕头和床单都湿透了。我知道是在做梦，但仍然止不住地发抖。

妈妈说得对，外面太危险。逃离那栋恐怖民宅时，我曾回头张望。也许凶手以为被我看到了脸。那家伙既然能够绑架并残忍杀害那个女人，说不定也会打算在我对警察描述长相之前将我灭口。凶手伪装成媒体人，应该就能从附近居民口中打听到我的名字和住址。只要说一句"我想多了解一下那个帮助警方发现尸体的少年"，周围那些多嘴之人就会迫不及待地说出一切吧。

从那之后，我一直生活在恐惧之中，总感觉那个男人会随时出现。我决定一步也不离开房间。不过，就算待在家里也不能掉以轻心。那个男人可能会在晚上潜入我家，钻进我的房间，用石头把睡梦中的我砸死。我的房间没有装锁，所以我把书桌和书架移到门口当作屏障。

每天，妈妈把食物和水放在门前。确定走廊没人后，我便迅速拿进屋里。上厕所时，也会先确认走廊没人才冲进去。

一周后，听说凶手落网了。

妈妈敲敲房门，把这个消息告诉我，但我却觉得是骗人的。

是不是为了让我离开房间，妈妈才撒这种谎？或者，凶手就站在妈妈身后，拿刀子之类的凶器抵住妈妈的喉咙？会不会是凶手想把我骗出房间，才逼迫妈妈这样说的？

我决定在屋里再躲三天，看看情况。

我应该让妈妈把电视或收音机送进来。

手机或者能上网的电脑也可以。

我想确认凶手是否真的已经落网。

但是，只要待在房间，我就什么都不知道。

我隔着房门和妈妈说话。

妈妈哽咽着求我出来。

但我无法判断是不是凶手逼她说的。

不过，有件事很奇怪。

爸爸不在。

爸爸白天要上班，所以只能听到妈妈的声音，这倒可以理解。

可是，晚上爸爸下班回来，应该也可以和我隔着门说说话吧。

"爸爸呢？爸爸怎么不来？"

我隔着门问妈妈。

妈妈说爸爸出差不在家。

说不定爸爸已经被凶手杀害了。

询问爸爸情况的第二天，连妈妈的声音也听不到了。

我大声呼喊也没有回应。

家里好像空无一人。

妈妈是出门买东西了吗？

我等了几小时也不见妈妈回来。

连平日可以听到的脚步声和吸尘器的声音都一并消失了。

我蜷缩成一团，忍受着恐惧与饥饿的折磨。时间一分一秒地过去，我不停想着爸妈。泪水涌上眼眶，怎么会变成这样？为什么现在我不在爸妈身边？

一家三口不待在一起这件事让我怎么都无法理解。

不过，话说回来，我们三人以前曾经在一起过吗？

爸爸工作很忙，深夜才能回家，通常只有我和妈妈两人一起吃晚饭。最后一次见到爸爸是什么时候来着？我的生活中，与爸爸共度的时光少得惊人。

比起爸爸，我经常能见到妈妈。但是，我一般都和妈妈聊些什么？我没有告诉她我捡到一把钥匙，最近正在寻找匹配的锁孔，所以妈妈不知道我正沉迷于此。我只说妈妈喜欢听的话。为了让妈妈满意，我努力考出好成绩，勤奋地上补习班，以完美优等生的形象示人。

为什么我不能说出真心话？说我其实不是那样的乖孩子，我只是看大家的脸色过日子而已。

即使妈妈会失望也没关系，我是不是应该向她坦承呢？

即使别人对我的评价一落千丈，我也应该把深藏在心底的感受、想法，要传达的感情自由地付诸语言，大声说出来。

我可以这样做。

我也想这样做。

我站起身，推开堵在门口的书桌和书架，大喊："妈妈！"

家中各处应该都能听到，然而却无人回应。

我想重新来过。

如果我重新来过，那么我一定不会是妈妈期待中的好孩子了吧。

即使如此，我们仍然要直面对方，坦诚布公。

我想走出房间去见爸爸和妈妈。

为过去发生的事情道歉，然后拥抱他们。

可是，

我想开门，

却有些不对劲。

门一动不动。

连门把都像凝固住似的无法转动。

不知什么时候，

门上

有了一个锁孔。

那里以前

根本没有

锁孔。

难道……

我拿出

口袋里的钥匙。

将光亮的钥匙

锯齿形的前端，

插入锁孔。

顺利地

插进深处。

我深呼吸，
慢慢旋转钥匙。

喀嚓，
那是门锁打开的声音。

锁打开了。

我握住门把，

这次可以转动了。

慢慢地，
我尝试推开门。

我心中

有什么东西

开始萌动。

那东西急速

变大，

我的意识

飘远……

5

睁开眼睛时，我正躺在床上，但不是我自己的床。看到床边的机器，我意识到这是医院。妈妈守在我身边，见我醒来，慌忙去叫医生。

一开始，我晕乎乎的，无法思考。我想挠挠头，发现头上包着绷带。妈妈为我说明情况。我遇上车祸，撞到头，昏迷了半天。在梦里，我以为已经过了好几天。可是，我是遭遇车祸第二天早晨六点醒来的，其实只在医院躺了一晚而已。

头好疼。

我记得自己被车撞飞，头重重摔在地上。

医生进行各种检查。

得知我的眼睛能看得清楚，耳朵听得明白，也能清晰说出自己名字后，妈妈终于松了口气。

医生走后，病房里只剩下我和妈妈。

"对了，这是什么钥匙啊？你一直珍惜地紧紧握着……"

妈妈拿出一把没挂钥匙链的普通银色钥匙，我接过来。

"这是房间的钥匙。"

"谁的房间?"

"我的。"

妈妈闻言顿时脸色苍白。

她知道我的房间根本没有锁。

"你的头……"

"我的头没事。开玩笑的。我很好。这把钥匙是我捡的,这是我的宝贝。"

妈妈好像放下心来,脸上表情也放松了。

"这样啊。那就好。咦,你说这是你的宝贝?"

"你想更多了解这把钥匙的事吗?"

妈妈点点头。

"嗯。说给我听吧。"

这时,爸爸接到联络也赶来了。看到我的样子,他松了口气。

我和他们聊了一会儿,才想起一件重要的事。为了报告我在那所民宅目睹的情况,我让父母叫来警察。爸妈还不知道我在车祸前看到了什么。之前我是在梦里向警察报告的,所以现在应该没人知道小镇发生了恐怖的命案。然而,其实此时已经结案了。

我躺在病床上的那天深夜,在距离傍晚车祸地点只有一百米左右的地方发生了火灾。杂木林里的那处民宅二十年前就被废弃,平时很少有人注意那里。火势很猛，但并未波及到附近住宅。消防队赶到时，着火的只有空屋和周围的杂木林，很快就扑灭了。第二天早上才检查火灾现场。大概就在我恢复神智的时候，一对男女的尸体在现场被发现。

女人的尸体被塞在冰箱里，似乎没有在火灾中造成太大损伤，可能是因为冰箱隔绝了火焰的缘故吧。根据验尸报告，女人早在火灾发生几天前就已身亡，同时也查明了可怕的死因。不久，警方证实女尸就是失踪的女大学生，震惊了社会。

男人的尸体损伤严重，听说只能分辨出性别。据警方推测，男人当时处于起火点中央，应该是淋上汽油自焚的。尸体旁发现一把烧成焦炭的刀子，刀刃形状与女尸身上的伤口一致，因此判定这就是凶器。此外，空屋的庭院停着一辆车，同样也烧得只剩下漆黑的残骸。警方认为车子烧得如此厉害，是因为男人在自杀前曾在车内洒汽油，企图销毁证据。至于行凶动机，则毫无头绪。男人身份不明，就这样从世上消失了。

凶手自杀这件事，我觉得自己也有一些责任。那个男人会浇汽油自焚一定是因为我发现了他的藏身之处，他怕我告诉警察，警察会把他逮捕归案，所以就选择了自杀。我向妈妈倾诉了这件心事，感觉轻松了不少。

我没受重伤，很快就回去上学了。起初，同学都小心翼翼地与我保持距离。中午休息时，总是抄我作业的朋友战战兢兢地开口，问我在空屋目击的情景。不知不觉，同学都围过来竖起耳朵听我讲述。讲完冰箱露出的黑发，被凶手追赶并被车撞伤的经过后，不知为何，大家都为我鼓掌。

以这次事件为界，虽然只有一点点，但的确有什么在逐渐改变。

比如，我和爸妈的关系。

以及与同学和老师的关系。

这些过于微妙的变化，平常根本不会察觉。

我会翘掉补习班，和同学一起乘公车去远方玩，或者跟爸爸两个人去看电影，或者在课堂上用新手机发信息，让老师一脸无奈……

事后回想，我才发觉很多事都是我以前从未做过，也不能做的。

时光流逝，渐渐不再有人谈论这件案子了，文善寺町恢复了正常。一天放学后，我绕到市立图书馆查资料。因为老师让我们分组调查本地历史，并把结果整理在一大张道林纸上。包括我在内的男女六人小组在图书馆里寻找与文善寺町历史相关的书籍时，我突然发现一张熟悉的面孔。她住在我家附近，听说是图书馆馆员，但我第一次看到她工作的样子。

"啊，是高田家的……"

她注意到我，停下脚步，朝我微微一笑。她的名牌上写着"山里"，这位爱书成痴的事，在远近无人不知。你问她有多爱书？她每次看到装在纸箱丢弃的书都会觉得好可怜，然后整箱搬回家。即使父母叫她把捡来的书扔掉，她也不肯放弃，还制作了请求大家收留图书的告示贴在电线杆上。不过，也有人说这些只是传闻，并非事实。但是，她总是边看书边走路，好几次差点儿被车撞到的事似乎是真的，事实上，她确实被撞过两次。在遭遇交通事故这方面，她毫无疑问比我经验丰富。我和这位山里小姐在书架环绕的过道上聊起来。

"你来复习功课吗？"

"我在准备老师布置的作业。"

"听说你碰上了可怕的事情，不要紧吧？"

"已经没事了。"

这时，我无意中看到山里小姐的脚。

她穿的运动鞋有些眼熟。

"怎么了？"

"……不，没事。"

这不是个聊天的好话题。我闭上嘴，两人陷入尴尬的沉默。山里小姐似乎有所误会，她慌忙问：

"这、这双鞋很难看吗？是我刚买的……果然很难看吧？"

"不是难看！只是不久之前我见过同样的鞋……发生那起命案的空屋里掉落了一双同款运动鞋。"

我决定把一切和盘托出。那天，我从窗户向厨房窥探时，在恶臭中我看到一双和山里小姐同款的运动鞋。厨房角落堆放着脏衣服，鞋就扔在旁边。山里小姐穿的运动鞋，颜色、材料、线条都和那双一模一样。

　　"我想那一定是被害女人的鞋。"

　　我原本不想说出来，是因为担心山里小姐知道自己穿着和被害者相同的运动鞋会心里别扭。没想到，她听完却好像松了口气。

　　"原来是这样啊，我还以为你觉得这鞋难看呢。没事的，那双鞋应该不是被害者的。"

　　"咦？为什么？"

　　"因为新闻里说被害者穿的是高跟鞋。"

　　"是吗？"

　　"嗯，绝对没错。"

　　这样说来，当时我窥看庭院里停的小汽车时，好像是瞧见车里有一双高跟鞋。原来，那才是被害者的吗？

　　"也就是说，你那天看见的运动鞋是凶手的吧？同样款式也有男鞋。"

　　"可是，好奇怪啊。我清楚地看到厨房地板上有鞋印和拖行的痕迹，所以，凶手一定是穿鞋在室内走动的。地上全是灰尘，凶手应该不只穿袜子或者光脚活动吧。要不然就是凶手有两双鞋，换着穿……"

"说不定那屋里还有别人。"

山里小姐以开玩笑的语气，若无其事地说。

"什么？还有第三个人？为什么？"

她耸耸肩。

"这我就不知道了……"

如果除了凶手和死者之外，还有第三人的话……

那么，这个人是协助凶手的共犯？

还是和被害者一样，被凶手绑架的倒霉蛋？

凶手杀戮清单上的第二人？

或者是与那天的我一样偶然发现那个秘密基地而被凶手抓住的人？

"也许凶手为派遣寂寞，想找个说话的伴。"

那个人被五花大绑，堵住嘴巴，关在浴室或其他地方了吗？然后，凶手在需要时会找他聊聊自己的事？

"也可能那个人就是壁虎的尾巴……"

山里小姐低头看着自己脚上的运动鞋。

壁虎的尾巴？什么意思？

我正想追问，同学跑来找我。我说要找资料却迟迟没有回去，他们大概以为我偷懒去了吧。虽然想和山里小姐继续聊，但想想还是算了，我向她低头行礼。

"我先回去了。"

"作业要加油啊！"

我回到同学那里，从收集的资料中挑出貌似重要的内容抄在笔记本上。真是无聊的作业。其实我根本搞不清到底哪些才是重点。即使如此，和朋友一起学习让我感到很快乐。同组女生向打瞌睡的男生扔橡皮屑，我也跟着吃吃窃笑。

做完作业，我们离开图书馆。西方的天空已经染上几许红色。我与同学在图书馆前告别，大家朝不同方向散去。

路灯照亮归途，影子拉得很长。我穿过商店街时，与提着超市购物袋的主妇和社团活动结束后回家的初中生擦肩而过。这里人来人往，十分热闹。我从兜里掏出那把银色的钥匙，边看边走。最后，我只在梦中找到了与钥匙匹配的锁孔。近来，我已经不再到处寻觅锁孔了。

由于专注于钥匙，没留意前方，我与一个女人撞个满怀。钥匙掉在地上，发出清脆的响声。

"啊！对不起！"

对方手忙脚乱地帮我捡起钥匙。

"给。这是家里的钥匙吗？"

"不，不是……"

话说到一半，我又转念改口。

"啊，对的，就是家里的钥匙。"

我懒得具体说明，干脆含糊带过吧。

对，这是家里的钥匙。

我家的钥匙。

今后如果有人问起，就这么说好了。

现在我已经发现比寻找锁孔更快乐、更值得投入时间的事情了，所以也无需再费心寻找钥匙的归宿了。即使如此，我仍然随身带着它，因为这是我家的钥匙。

我从女人手中接过钥匙，向她道谢，然后朝家的方向走去。

可是，如果真有第三人存在，那个人跑哪儿去了呢？火灾现场只找到两具尸体。假如那具男尸其实并非凶手，而是"第三人"的话，那又会如何呢？山里小姐说的"壁虎尾巴"指的就是这种情况吧？第三人的尸体是真凶为了顺利逃脱而设置的障眼法，从一开始就安排好了。如果真是这样，那我就危险了。凶手或许以为被我看到脸，认定我是世上最大的威胁。

但是，新闻报道里都说烧焦的男尸是凶手。只要是头脑正常的人，就会从此远走他乡，老老实实地过日子吧，不会为了确认是否被我看到脸而特意回到文善寺町的。

当然，一切都是推测。

根本没有什么第三人。

我边走边回头，帮我捡起钥匙的那个女人还站在商店街角落望着我。熙熙攘攘的人群中，只有她伫立不动，一双猫似的眼睛直直盯着我。突然，她皱紧眉头，用手按住头部两侧。

夕阳西下，星光闪烁，紫色的云彩就像太空写真集中的星云一样。如果真有神明，一定就住在那种地方吧。

　　那个女人拍打着头部两侧，像是头痛难忍的样子。她一边拍头一边转身离去，很快便消失在嘈杂的人群中。

王国之旗

1

兜里的手机在震动，把我吵醒了。是短信。发信人是橘敦也。"你在干嘛?"手机屏幕照亮了我身处的地方，我回信:"我在后备箱里。"看看手机显示的时间，已经晚上十一点了。

我想尽情伸个懒腰，但是后备箱没有足够的空间。我像胎儿般蜷缩成一团，打了个哈欠，犹豫着是不是再睡个回笼觉。车子好像已经停了，不久前，在我尚未睡熟时可以感觉加速或转弯，现在则毫无动静。不过，引擎似乎还开着。我在后备箱铺的垫子下摸索，那里有一根金属线，只要一拉就可以打开后备箱。如今，这种装置十分普遍。伴随着清脆的"喀嚓"一声，后备箱开了。

我探出头，夜晚寒气逼人。久违的户外空气，我深吸口气。这里是阴暗的高架桥下，锈迹斑斑的铁丝网沿着大桥延伸，夏季茂密生长的杂草已尽数枯萎。我钻出后备箱，脚下传来踏上沙石地的触感。

窥看驾驶席，空无一人。车钥匙插着，引擎开着，车就这么扔在这里了。我还没见过车主。讨厌，这是什么鬼地方啊!

借助橘色的路灯，我看到高架桥下有几个涂鸦。不像是街头艺术那种充满设计感的涂鸦，而是像小学生的胡乱涂画。尽管笔触与图案各不相同，但每幅涂鸦中都画着一个王冠，就是绘本中国王戴的那种黄色王冠。

砰、砰，传来一阵声响。一个少年站在车旁，为引起我的注意，他似乎敲了敲车窗。他看起来十二岁左右，有一双傲慢的细长眼睛，头发很长，身穿风衣。灯光下一切都是橘黄色，所以无法辨别他衣服的真实颜色。"你在干嘛？"少年问。和橘敦也问了一样的话。"男人不管年纪大小，都爱问女人现在在干嘛吗？"我反问。"我不是因为你是女人才问的。看到有人在这种时间独自站在这种地方，谁都会问一句的。""这样啊。对不起。""你看上去是高中生吧。""如果我不是制服控的话，应该就是吧。""话说回来，你在这里干嘛？你是迷路了吗？""也没有。只是开车兜风而已。""在这种时间兜风？""对啊。不行吗？""在这种地方？""去哪里是我的自由吧。""你在后备箱里开车兜风？"看来他目击到我钻出后备箱的一幕。

今天中午，我觉得上课无聊，便溜出学校。我无处可去，看到眼前有一辆插着钥匙的车子，就钻进后备箱午睡。没想到，车子竟然开动了，我想走也走不成，只好在后备箱乖乖呆了好几小时。以上这些是事实，不过，我打算抓住机会好好添油加醋一番。

"我被绑架了。""哦，这样啊。那太惨了。""我简直走投无路了。""你父母得付赎金才行。""是吗？他们大概不会付吧。"脑海中浮现出爸妈的面孔，心里一阵慌乱。"绑匪不打折，他们才不会付呢。"最近，我总和父母吵架，所以不禁产生这种想法。

少年欲言又止，盯着我的脸。冷风吹过，我打了个喷嚏。"你冷吗？""鼻涕都流下来了。""脏死了。姐姐，你叫什么名字？""我叫小野早苗。你呢？""阿蜜。""姓什么？""我有姓，但不是真的姓。"他的家庭也很复杂吗？叫阿蜜的少年牵起我的手，举步朝前走。"小野姐姐，走，我们去一个暖和的地方吧。""装什么小大人啊。"但是，少年的手很温暖，感觉不坏。

我们穿过高架桥下，经过陌生的车站。车站一片漆黑，像废墟般悄无声息地矗立在那儿。接着，我们走过带有拱顶的街道，这里同样十分昏暗，只有依稀几盏路灯。弹子球店、服装店、药店、游戏厅全都熄灯陷入沉睡，仿佛永远不再营业似的。我本以为无论多晚，游戏厅这种地方都不会关门，但偏远郊区不一样吗？而且，我们走了十几分钟，一个人也没见到。我们呼出的气息因为寒冷变成缕缕白雾。

"还有多远啊？""就快到了。话说，小野姐姐，车子丢在那里没关系吗？""没事，反正也不知道是谁的。""绑匪不会生气吗？""应该不会吧。没事啦。"我把车的事忘得一干二净。车主是谁？开车的人是谁？为什么在那里停车？我不在意这些与我无关的事。"到了。"少年阿蜜停下脚步，从兜里掏出银色的钥匙。面前是一座老旧的保龄球球场。

我们横穿停车场，走向那座方方正正的建筑物。房顶装饰着一个巨大的白色球瓶，店名好像是英文。少年阿蜜用钥匙打开正面的玻璃门，我在他的引导下走进屋内。里面漆黑一片，但是停车场的路灯透过玻璃门照亮了门口一带。几把椅子东倒西歪的放在那里。这个球馆显然已经停业。球道似乎有好几排，由于光线太暗，再往里面就看不清了。

"等等。"少年把我留在原地，自己走进接待柜台的后面。"快点儿回来啊。"我朝少年身影消失的方向说。我与盘踞在保龄球场的黑暗对峙了三十秒，心里渐渐感到不安，少年该不会一去不返了吧？

外面传来风声。

喀拉，球道所在的黑暗深处发出声响。有人！我侧耳倾听，隐约听到几个人在窃窃私语。此时我才发现布满灰尘的地板上有无数小鞋印，还有儿童赤脚走过的痕迹。

蓦然，随着喀嚓一声轻响，我的视野顿时一片雪白。天花板的灯亮了，原本看不清的球场深处也一览无余。

周围突然冒出一群小孩儿。一共五十人左右，有男有女。有的躲在球架后，有的藏在球道尽头只露出脑袋。一个快要笑出来的男生被三个女生捂住嘴巴。大家都忍着笑，看向我。"嗯……"我挠挠头，不知所措。一个男生终于忍不住笑出来，其他人也跟着放声大笑。

"不要笑!""对不起。""笨蛋。"说话声从四处传来。"被发现了。""啊，还以为要死了。""你干嘛推我!""别闹了!"孩子们的声音在墙壁上回响，融为一体，形成强大的声浪。他们年龄各异，但没有比少年阿蜜更高大的孩子。

除了开始追跑打闹的几个孩子，其他人全聚集在我身边，脸上写满好奇。我不禁倒退一步。"姐姐你叫什么名字?"一个少女问。"小野早苗……"我话没说完，又从四面八方传来各种问题。"你几岁了?""你是怎么来的?""你认识阿蜜?"大家七嘴八舌地提问，让我无所适从。

"啊，阿蜜。"一个站在这群孩子外侧的戴眼镜的少年向柜台那边打招呼。不知何时回来的少年阿蜜正双手抱胸，在不远处静静观望。他微微抬起手，回应戴眼镜的少年，"嘿，阿蜂。"那个少年叫阿蜂? 那他俩的名字合在一起不就是"蜂蜜"吗?

"这些孩子是怎么回事?"我问阿蜜。大群孩子跟在我身后。"大家都想认识小野姐姐。""他们为什么藏起来?""只要发现有人进来，他们就会屏息躲藏。""为什么?""因为他们想吓唬人嘛。你有没有被吓到?""差点儿被他们吓得吐出来。""那太好了。"少年阿蜜满意地点点头，"欢迎来到我们的王国。"

2

最里侧的球道摆着成排的白色球瓶，整齐得让人想起国家仪仗队。电灯打开的同时，空调好像也启动了，屋里很暖和。孩子们问完一堆问题后，三五成群地玩耍起来。男生在球道尽头黑漆漆的大洞里钻进钻出，玩捉迷藏。女生则在保龄球上画鬼脸。

我坐在柜台旁的椅子上，仰望布满管道的天花板。一个小学一年级或二年级的女生偷偷抬眼打量我，慢慢朝我靠近。她衣服领口的缎带松开了，拜托我系成蝴蝶结。她年纪尚小，还不会打蝴蝶结。我弯腰帮她系好。其他女生看到，纷纷冲到我身边，嚷着"我也要""我也要蝴蝶结"。她们还把系得好好的领结或鞋带故意解开。"烦死了！"我一边抱怨，一边为她们系好蝴蝶结。"不好意思，又松开了。""这边的圈圈比较大。能不能帮我系成两边一样大的呀？""我的形状好奇怪！""受不了！你们烦死我了！"我虽抱怨连连，心情却很好。只是会系蝴蝶结而已，就让我轻易成为众人追捧的对象。终于，我帮全体女生把衣饰或鞋带都系成蝴蝶结后，总算可以喘口气了。"好了，你们去那边玩吧。"

眼镜少年阿蜂用抹布擦拭着不知是否还能使用的古老收银机，并温柔地注视着我与女生们的互动。阿蜂和阿蜜同年，他们二人是这个王国中最年长的成员。其他孩子都在追跑嬉戏，为什么只有他在工作呢？"阿蜂你是做错事被罚打扫吗？"我问他。"我喜欢做这些事。"他回答，眼镜片闪闪发亮。"嗯，你真是怪人。""很多人这么说。""我很不擅长打扫房间和整理东西。不过，话说回来，这里有电啊。""发电机在房间里头，只有阿蜜会用。""他好厉害。""发电机是阿蜜弄到手，然后搬到这里来的。找到这个保龄球场的也是那家伙。"

少年阿蜜正在球场中央附近的球道上和年幼的孩子们玩耍。他抱起一个抓住他手臂的孩子，像旋转木马一样转圈。其他孩子也争相效仿，一个接一个地攀到他身上。少年阿蜜终于承受不住重量，倒在球道上。欢笑声响彻球场，吸引正在画画和玩粘土的孩子回头观看。

"这个王国没有大人吗？"我问少年阿蜂。看看手机，已经凌晨两点了。"这里规定不许大人进来。""谁规定的？"他看向少年阿蜜。

少年阿蜜放开身上的孩子，站起身，察觉到我俩在望着他。"去那边玩。"他对孩子们下达指令。"什么嘛！""好无聊！"孩子们无视命令，依然拉着他不放。

"大家都住在这里吗？不用上学吗？"眼镜少年阿蜂摇摇头。"大家只有晚上才来这里。""哦，这样啊。我还以为他们是你们收留的孤儿呢。原来他们有家可回呀。"

"你说错了。"摆脱孩子们的少年阿蜜走到我身后。他的长发被孩子们折腾得很凌乱，但他却毫不在意。"对大家来说，家不是'回'的，而是'去'的。这里才是归宿，这个保龄球场是大家真正的栖身之所。但是，一到早上，大家就必须前往各自家中，扮演普通孩子，与生下自己的大人伪装成亲子关系。但这一切都是假的。上学也只是为了避免大人产生怀疑，伪装成普通孩子的手段。在夜晚到来之前，要时刻注意不可暴露自己是王国成员的身份。"

少年阿蜜的眼眸中透出坚定的意志，他绝不是在开玩笑。我有些困惑。"啊？什么叫伪装成亲子关系？""加入王国时，必须忘掉父母。具体来说，就是抛弃父母自作主张给我们起的名字。姓氏也要抛弃。然后，我们可以取自己喜欢的名字。阿蜜和阿蜂都是我们自己起的。"少年阿蜜隔着柜台用拳头碰碰阿蜂的肩膀，两人交换了一个眼神。从这小小的举动就可看出他俩的深厚友情。"在家里的不是父母，只是大人而已。他们用过去的名字叫我们，为了不暴露王国的事，我们仍会回应，并继续扮演他们的孩子这一角色。"

孩子们在玩保龄球，画着鬼脸的球从球道滚过。整理球瓶的机器无法运转，孩子们轮流摆放球瓶。球没有滚到尽头，就有人扔出第二个、第三个球。负责摆放球瓶的男生大怒，其他孩子见状捧腹大笑。

"小野姐姐，你也加入王国吧。"少年阿蜜说。

黎明时，我冲了个澡，顿时神清气爽。这个临时浴室紧邻店员休息室，据说是少年阿蜜和少年阿蜂辛辛苦苦用薄钢板搭建的。洗澡时，风从钢板缝隙透进来，颇有几分寒意。热水器好像是后来安装的，自来水从哪里来的我就不知道了。

　　保龄球场的置物柜里堆放着大量衣物，基本都是童装，不过也有几件我能穿的衣服。"这些衣服是哪里来的？""都是我们捡的。"少年阿蜜回答。"这么巧？捡来的每件都是新衣服？"我把高中校服叠好放进置物柜。

　　这个王国甚至为居民提供食物。少年阿蜂拿出背包，孩子们便欢呼着簇拥过来。"按顺序来！排好队！"孩子们根本不听话。直到少年阿蜂不耐烦地拍拍手，提高嗓门，他们才乖乖排起队。少年阿蜂从包里拿出廉价糖果，发给每个孩子一块。这种做法是为了避免引发矛盾吗？孩子年龄各异，但领到的都是同样一枚小小的糖果。年纪较大的孩子不会抱怨吗？身强体壮的孩子只吃一块糖够吗？对于我的疑问，少年阿蜜回答："维持身体健康的营养可以从家庭或学校由大人们给予的虚假食物中获取。""虚假食物？""没错。对大家来说，这里吃到的廉价糖果才是真正的食物。"我越听越糊涂。"那个糖是真正的食物？""虽然我们都想依靠真正的食物维生，但是不行。如果在这里吃饱的话，那么在家或学校不得不扮演普通孩子的时候，就吃不下虚假食物了。所以，王国只能给大家提供一点点真正的食物。""不是因为财政困难，所以无法供应充足的食物吗?""这里不会出现财政困难。而且,到处都能捡到食物。"年幼的女生们互相喂食糖果,大家都吃得津津有味,双眸闪耀着幸福的光彩。看到这一幕,少年阿蜜和少年阿蜂露出愉悦满足的表情。

少年阿蜜的话,我并没有全盘接受。如果我是大人,也许会出言斥责。如果我是孩子,也许会立刻兴高采烈地加入这个团体吧。然而,对于"加入王国"的邀请,我只能暂时持保留意见。这一定是因为我既不算大人,也不算孩子吧。

少年阿蜂朝我走来,他从背包里拿出便利店出售的那种饭团。"小野姐姐,这个给你吃。""谢谢。我喜欢金枪鱼口味的。""那你真正的名字就叫金枪鱼好了。"

孩子们在天亮前陆续离开保龄球场。他们在置物柜前换好睡衣,互相告别:"我走了!""晚上见!"然后消失在夜晚的城镇。对王国的孩子而言,这不是回家,而是前往曾经的父母身边扮演儿女。

我想象身穿睡衣的孩子跑过月光下的商店街和小巷,溜进家中,钻进被窝的场景,简直如童话一般。然而,却没有一个大人察觉到这奇异的变化。

"大家在白天不会很困吗?"我有些担心。"在学校,大家好像总是打瞌睡,常被老师批评。我也不例外。"少年阿蜜打了个哈欠。

少年阿蜜和少年阿蜂也在天亮前离开了保龄球场,只有我留在这里。关掉发电机,电灯熄灭,空调也无法运转。不过,我裹着一堆毛毯睡在沙发上，还蛮暖和的。每个球道旁边都摆放着一张 U 形沙发。空间有限，不够我尽情伸展，只能像胎儿一样蜷成一团。毛毯不算干净，上面粘有很多点心碎屑。偌大的保龄球场只剩下我一个人，显得如此空旷安静。一点细微的声响都能传得很远。我打开一台装有电池的收音机，在 FM 广播的陪伴下睡到天明。他们说过，只要忘掉现在的名字就可以加入王国。一个念头一闪而过，在这里和孩子们生活也不错啊。虽然这样做，有些对不起橘敦也。

3

橘敦也是我的同学，也是足球部的替补队员。在第一学期期末考试复习小组中，我与他渐渐熟识起来。前些天，他向我告白，于是我们开始交往。我心里其实很犹豫。我并不喜欢他，在我眼中，他就和路边的石头差不多，让人提不起兴趣。然而，为什么他向我告白，我就点头同意了呢？也许是因为我想和朋友一样，找个人谈场恋爱试试吧。原以为在尝试的过程中会渐渐萌发恋情，但还是不行。他不是坏人，相处起来并不痛苦，他也不会做出让我厌烦的事。最近一想起橘敦也，我胸口便隐隐作痛。但是，这并非爱恋，而是出于内疚。真想干脆告诉他，一切都是我不好，让我们退回到朋友关系吧。他应该不会生气。他性格温厚，我想象不出他生气的样子。不过，也许他会露出伤心的表情。

明明不喜欢他，我却对橘敦也讲了很多自己的事。和父母感情不好，与同学合不来，不知活着有什么乐趣，偶尔茫然自失，突然搞不清自己身在何处……在我滔滔不绝讲述这些难以启齿的事情时，橘敦也总是认真倾听。我愧疚到胃疼的地步。

明明我对你毫无兴趣!

你却愿意听我倾诉!

时光流逝,我依然无法对他坦白心声,我不喜欢你,只是把你当朋友,但我不愿伤害你,让你难过。我讨厌因为恋爱问题而烦恼不已的自己,不愿思考那些麻烦的事,只想过简单的生活。但是我害怕做出决定,只能一味逃避。我想和其他女生一样交男朋友,我讨厌产生这种想法的自己,因为我明明不愿随波逐流,人云亦云,成为随处可见的平凡大人。我深知自己必须有所决断,也深知必须要勇敢地面对你才行。

我睁开眼,在沙发上撑起上半身。借着从玻璃窗透过的阳光,我确认手机上的时间,已过中午。我睡觉时,爸妈好像给我打过电话。橘敦也也发来短信,说我夜不归宿让他很担心。我回信说"我在保龄球场"。

我在卫生间洗完脸,突然很想喝热咖啡,于是我用店员休息室的煤气灶开始烧水。可是我没找到速溶咖啡。这里只有整箱的瓶装可乐。我只好放弃咖啡,一边喝可乐一边在保龄球场溜达。我穿鞋走在球道上,地上满是沙粒和划痕,不过并不是完全没有打扫过的样子。少年阿蜂应该会定期清理沙粒吧。他似乎很喜欢打扫。

球道里侧的墙上挂着一块红布,和毛毯差不多大,上面用油漆画了一个巨大的黄色王冠,和昨晚在高架桥下看到的图案相同。直觉告诉我，这大概是用来团结王国居民的某种标志，就像建造秘密基地的孩子会设计一个只属于自己的标志一样。换句话说，这是王国的旗帜。

我打开第二瓶可乐，开始浏览书架上的漫画。不知不觉几小时过去了，我饥肠辘辘，但又懒得去便利店，也没力气回家，只好无所事事地打发时间。反正就算回家，等着我的只有爸妈无尽的唠叨。干脆放空思绪，悠闲地呆在这里吧。

黄昏时分，少年阿蜜出现了。他用银色的钥匙打开玻璃门，走进来。他还穿着昨天那件风衣，但是胳膊和前胸却沾满泥巴。仔细一看，他手背也受伤了。"出什么事了？""没事。""你摔倒了？""差不多吧。""伤口得消毒。""饶了我吧。小野姐姐，你是要当我妈吗？"他那双细长的眼睛嘲弄地盯着我。"真过分！男人就是这样！"他低头道歉，"对不起。"消毒药和医用胶布在柜台下。我让他坐在椅子，用沾满消毒药的脱脂棉为他清理伤口。他疼得皱起脸，就像个小学生似的。我们视线相接，他立刻别扭地转过脸。又装小大人，真是的！

"你为什么不回去？"少年阿蜜问。我一边准备胶布，一边思考该如何回答。"我好像挺喜欢这里的。""你要加入王国吗？""没想好，因为还不太了解这个地方。"我把胶布贴在他的手上。"而且，难得离家出走一次，可以好好思考一些问题。""你这种随心所欲的态度，呆在这里会给我们添麻烦的。""这个王国的气氛不就是随心所欲吗？"我想起孩子们抢着要糖果的场面。"年纪小的孩子无所谓，他们不懂事。但是，像我和阿蜂这些年纪大的，就必须考虑很多事情。""比如老师留的作业？""你傻呀？小野姐姐，你是不是傻呀？""居然骂我两次……""我创造这个王国是有理由的。"

少年阿蜜起身，从风衣口袋里掏出钱包，是大人用的那种款式。他打开钱包给我看，里面装着万元钞票、信用卡和驾驶证。"我偷了这个，被人追赶，又被推倒。当然，我还是成功逃脱了。"看来这就是他受伤的原因。"你到里面的房间去了吗？还没有吗？那里堆满了钱包、鞋和书包。有时我也让其他孩子帮忙，年幼的孩子负责吸引大人的注意力，我趁机下手。我下手的对象就是像你这样，深夜在这个镇上迷路的人。不要害怕，我们只针对大人。不是啦，我们不是盗窃团伙，只是现在只能想出这个办法。如果有其他方法筹措资金，我们也不会出此下策。这是维持王国正常运转的资金，是完成大业必不可少的重要资金。我们要打倒大人，摧毁大人创造的世界。我建立起这个只属于孩子的王国，为的就是达到这个终极目标。"

夕阳西下，零星几盏路灯亮起。连接镇中心的道路十分昏暗，没有车，只有铁丝网和枯草。我站在保龄球场门口向外眺望。

小小的身影像从黑暗中诞生一般，陆续冒出来。影子的数量逐渐增加，汇成团队，朝保龄球场靠近。有的影子在侧手翻，有的影子在滑稽地跳跃，还有的影子在模仿小丑的动作。每个影子都小得像妖精，走路轻飘飘的，仿佛没有重量。直到小影子们来到停车场附近，才终于可以清晰地辨认出他们是身穿睡衣的小孩子，其中有些孩子连鞋都没穿，光着脚就溜出家门，仿佛是被哈默尔恩①的吹笛人引诱而来的。

进入保龄球场后，他们突然兴奋地跟我打招呼，边唱歌边在我身边绕起圈子。稍早到达的少年阿蜂和年纪较大的少男少女把年幼的孩子们叫到置物柜前，帮他们脱下睡衣，换上平常的衣服。"我回来了。""欢迎回来。""今天过得好吗？""嗯。""没被大人发现吧？""大人完全相信我是他们的孩子。""明明已经不是了。""大人真可笑。"保龄球场欢笑不断。孩子们像重获自由的鸟儿一样快乐，他们四处奔跑，嘈杂的脚步声在场内回荡。

一个大概刚上一年级的女生系不好袖口的纽扣，跑来向我求助。我蹲下帮她系扣子，问她："你和爸爸妈妈平时都聊些什么呀？""聊电视节目和学校的事。""这样啊。那你喜欢爸爸妈妈吗？""嗯。"我稍微松了口气。自己和父母关系不好，但仍然希望别人家幸福美满。然而，这个女生一边检查袖口的纽扣一边补充："不过，他们已经不是真正的爸爸妈妈了。那个家里只有大人，我虽然喜欢他们，但也只是配合他们说几句话而已。一到晚上，就巴不得

_____

① 传说德国哈默尔恩镇曾发生鼠疫，居民束手无策，一位花衣魔笛手自称有办法，镇长许诺他重金为答谢。魔笛手果然铲除老鼠，镇长却食言了，魔笛手便以笛音带走了镇上的所有小孩。

他们赶快睡着。大人不睡，我就没法偷溜出来，得躺在床上一直装睡。"说完，她露出天真无邪的笑容，跑向在玩娃娃的女生团体。

球道中央聚集着一群男生。年长的孩子用粉笔在地上画画，认真地为年幼的孩子讲解着什么，年幼的孩子也都一脸严肃地聆听。如果有人做鬼脸、出洋相，就会被大孩子敲头警告。

"那群孩子玩什么呢？"我问少年阿蜂，他坐在地上，正在逐个擦拭重量颜色各异的保龄球。"……那是在教授工作的事。"他略显为难地说。"工作？""嗯，就是……如何绊住大人的腿，或者如何找借口把大人引到有同伴埋伏的小巷里……"他满脸愧疚。我叹息道："你们就是这样叫年幼的孩子帮忙偷盗的吧。真不知该说什么才好。阿蜜那家伙真觉得这样可以吗？"

"小野姐姐，我能听到哦。""就是为了让你听到才说的。"少年阿蜜其实就坐在少年阿蜂旁边，正在用布擦拭一个黄色的保龄球，那上面有小朋友昨晚用蜡笔画的鬼脸。"我说阿蜂，这个很难擦掉啊。"少年阿蜜向同伴求助。"那我去拿清洁剂吧。""好，拜托了。"少年阿蜂起身朝保管扫除用品的储藏室走去。

少年阿蜜盯着保龄球，低语："在这么大的球上画人脸，简直就像砍掉的首级。对了，小野姐姐，你知道吗？听说足球的起源，就是踢人头。""我认识一个足球部的男生，但没听他提起过这种事。因为他是替补，所以不知道吗？""他是小野姐姐的男朋友？""臭小孩胡说什么。小黄书看多了吧。笨蛋，大笨蛋！""回到足球的话题，听说最初起源于战争，胜利的一方踢敌方将军的首级进行庆祝。不知道是不是真的。"少年阿蜜在地板上滚动那个保龄球，然后又起身把球踩在脚下。我不禁想起一部孩子拿人头当足球踢的恐怖电影。

"这个王国现在规模虽小，但它会逐步扩大。"少年阿蜜望着嬉戏玩耍的孩子们。"不久之前，这里还只有我和阿蜂两个人，不知不觉就有这么多成员了。没人可以说清究竟是如何获知王国的事。而且，不知为何，只有想加入王国的孩子才会找到这里，就像昨天的小野姐姐一样。""我是碰巧来到这个镇的……""大家都这么说。在我找到你们之前，人人都一头雾水，不知怎么会置身此地。小野姐姐，你也是真心盼望来到这个王国的，对吧？"

我无法断然否定，只好转移话题。

"你说要打倒大人，是认真的吗？""这个王国就是为此而存在的。""你疯了吗？你说打倒大人，怎么打倒？一点儿都不现实。""具体来说，我们不会制造爆炸或劫机之类的，也不会发动战争。我只希望能和孩子们在这个夜晚王国里自由玩耍，仅此而已。只是播下种子，共享秘密，一起度过美好时光。变化会一点一滴发生。孩子们已经逐渐认识到，大人们创造的世界是虚假的。表面服从大人，内心却明白不必迎合，而是应该开辟出属于自己的新领域。这就是我们要做的，同时也是王国的意义所在。大家逐渐从心底意识到这里才是真正的归宿。也许太过安静，但这就是我们的革命。"

我望向挂在里侧墙壁的王冠标志，那是王国之旗。看到少年阿蜜起身，孩子们以为他要陪他们玩，全都靠拢过来。转眼间，在场的全体孩子都聚集在我们身边，他们双眼闪亮，期待少年阿蜜会提出什么有趣的新点子。少年阿蜂手拿清洁剂在不远处观望。

　　"阿蜜很快就会成长为大人吧？我也是。到时候王国怎么办？王国禁止大人出入吧？""即使身体变成大人，却依然可能保持孩童的内心。如果我的心灵也变成大人，我就会离开王国。会有别人继承我的位置。我不必永远留在这里，只要王国的理念不灭就可以了。"少年阿蜜一开口，孩子们都安静地侧耳聆听。"小野姐姐，抛弃名字，加入王国吧。你不用每天都来，你可以继续扮演过去的'小野早苗'，当你疲惫不堪，不想再演的时候回来就行。在家和学校时，你只需时刻牢记自己是王国成员就可以了。在迷失自我，惶恐不安时就到这里来，和大家一起玩耍，一起歌唱，帮孩子系纽扣。"

　　孩子们满面笑容地看着我。答案显而易见，他们对此没有丝毫怀疑。

　　"我……"

　　这时，手机震动起来，嗡鸣声在安静的保龄球场回响。不用看，我也知道是谁打来的。橘敦也，我根本不喜欢的同班男生。这个倒霉的家伙因为向我这种人告白，就被迫听了各种抱怨与牢骚。但是，他的来电让我下定了决心。

　　"我不会加入你们。我的家不在这里，所以，请让我回去吧。"

4

　　我被关在保龄球场旁边的旧车库里。这里似乎也有发电机供电，晚上，少年阿蜜在保龄球场时，天花板垂下的灯泡会亮起来。天花板和墙壁没有破洞，应该可以遮风避雨。墙边堆着纸箱，少年阿蜂说这些都是王国的物资储备。打开一看，发现里面装着大量的美味棒。我抱着膝盖坐在一条潮湿发霉的棉被上。靠停车场一侧的墙壁上有一道生锈的百叶门，还有作为出入口使用的铁门，两道门都打不开。

　　"昨天她还可以加入王国，但现在她已经失去资格。"我拒绝邀请后，少年阿蜜向全体孩子宣布。我被孩子们团团围住，无法脱身。"如果放她回去，王国的事和这个地方都会被大人发现。"高年级孩子们原本友好的态度陡然一变，全都怀疑地盯着我，也不再跟我交谈，好像他们已将我视为大人。低年级的孩子们态度各不相同，有人扭过脸不肯看我，有人还搞不清状况。经过单方面的审判，他们决定将我关押，少年阿蜜和其他年长的孩子把我带到车库。"纸箱里有瓶装水。饿了也可以吃零食。""我要全吃光，让你们的王国陷入饥荒。""小野姐姐，吃太多小心发胖。""上厕所怎么办？""你就敲百叶门大喊，我们会派女生带你去。""可是白天这里没人啊。""白天就憋着吧。"说完，少年阿蜜把我留在车库，锁上出入口的铁门。

手机被没收，我无法求救。我试着在墙上各处猛踹，但都很坚固，没有可以踹破的地方。我找到一根金属棒，插入百叶门与地面的缝隙试图把门撬开，但也徒劳无功。靠天花板的地方有一扇玻璃窗，就算我能够到，应该也出不去，因为窗户太小。

外面天色渐亮，黎明降临。然而，我在车库却完全感受不到孩子们离开保龄球场时的热闹氛围。

与少年阿蜜相遇的第三天。白天我几乎都在睡觉。有时清醒，我就吃着零食，眺望窗外的那一小片天空。我翻遍纸箱，寻找能够帮我逃脱的工具，结果却找到各种乱七八糟的杂物，积满灰尘的遥控玩具、芭比娃娃、棒球手套、棒球、跳绳、飞盘，还有儿童版漫画传记与百科全书。我朝墙壁投掷棒球，无聊地尝试双摇跳绳，或翻阅百科全书里的细菌照片以打发时间。

黄昏时分，有人敲打车库的铁门，我从被窝中跳起。"我回来了。"那是少年阿蜜的声音。我隔门朝他大喊："喂，再不放我出去，我真的要生气了！""再忍忍吧，我会给你准备一个更舒服的地方。我打算把保龄球场的小房间改装成小野姐姐专用房。""你要把我关到什么时候？一辈子吗？直到我变成老太太？""嗯，一直关着你好像也不是个办法。干脆……"铁门彼端的少年阿蜜沉默片刻。"算了，我再好好想想。"他留下这句话，便再也听不到他的声音了。即使我敲打铁门，放声大喊，也无人应答。

深夜，我去了一趟厕所。高年级的女生们押送我前往保龄球场的女厕。少年阿蜜率领男生们在一旁戒备，唯恐我逃跑。我一进门，吵闹的球场顿时鸦雀无声。孩子们全都盯着我，并与旁边的小伙伴窃窃私语。他们的视线中充满怀疑、憎恶和鄙视。

我寻找少年阿蜂的身影，他正在给孩子们倒果汁。

我们四目相接。

少年阿蜂别开视线，后来我意识到那并非出于轻蔑。恐怕他当时已经下定决心采取行动了，为了避免露出马脚，才假装不理我。

临近黎明时，我蜷缩在被窝里。少年阿蜜应该已经关掉发电机回家了吧。灯泡熄灭后，车库漆黑一片，只有玻璃窗泛着蓝光。孩子们肯定都换好睡衣，回到各自家中。只有我一个人被丢在这里。究竟何时才能重获自由？我正茫然地想着自己的命运，忽听外面传来轻敲铁门的声音。

"小野姐姐，是我，阿蜂。你醒了吗？"

接着传来开锁声，铁门打开，眼镜少年阿蜂探进头。我吓了一跳，正要喊他，他连忙用食指竖在嘴前，让我安静。一个小小的身影跟在他身边，是那个让我帮她系袖扣的低年级小女生。她抱着我的校服和手机。"阿蜜呢？"我边起身边小声问少年阿蜂。"所有人都回家了。保龄球场没人。只有我和她假装回家，躲藏起来。好了，快换衣服，趁现在赶紧逃跑。"

我接过校服和手机，把少年阿蜂赶出车库，换上衣服。我走到外头，被冷风一吹，心里无比舒畅。由于周围没有高大建筑，天空显得格外高远，日出之前的地平线则呈现出鲜艳的靛蓝色。"姐姐，这边。"小女生拉着我的手往前跑。三个人穿过停车场，踏上没有一辆车的车道。天色依然昏暗，视野很差，电线杆、枯草，和远处的人家都隐藏在黑影中。

"小镇南边的消防队旧址有汽车站，在那里上车，应该就能回去了。""你为什么要救我？""我总觉得把你囚禁在这儿是下策。如果警察出动找你，很可能会找到这个保龄球场来。而且，这个孩子一直缠着我让我救你。"原本跑在最前头的小女生，由于步幅和体力的差异，开始渐渐落后。"小野姐姐，有一件事要拜托你。请你千万不要把王国的事告诉别人，好吗？我们对你很过分，你一定很生气吧。但是，对我和阿蜜来说，王国是十分重要的地方。""……明白了。我答应你。"

我们沿着铁丝网前进，不知不觉间，朝雾升起，四周若隐若现。我们穿过一处倒塌一半的水泥建筑。雾霭中，废墟的阴影宛如一只屏息潜伏的巨大生物。空气冷冽，天空泛起微微的桃红色。

废墟方向传来"咣唧"一声，好像踢翻空金属罐的声音。我心头升起不祥的预感，回头看看少年阿蜂，他也一脸紧张。那里有人。有人藏在废墟里。

我们加紧脚步，钻入窄巷。很快，身后传来无数脚步声。

"在那边！""快追！""别跑！"少年们尖声叫嚣。少年阿蜂赶紧背起眼泪汪汪的小女生往前飞奔。

我们跑过冷清的拱顶街道，两旁的店铺全拉着百叶门。突然，前面窜出一条小小的人影。抢得先机的少年朝我们扑来。我躲闪不及，与他撞个满怀，当场跌倒。少年阿蜂为了保护背后的小女生，摔进一堆垃圾袋里。我起身要逃，少年又扑过来想抓我的脚。"臭小子放手！"我抬脚猛踢，他终于老实了。

"阿蜂，你没事吧?！"那个小女生爬起来，泣不成声。少年阿蜂摇摇晃晃地起身，痛苦得表情扭曲。"好像扭到脚了。""跑不了了吗?""……大概吧。""知道了。接下来的路我自己走吧。""从这里一直往前走就是汽车站。""谢谢你们。"我迅速拥抱了少年阿蜂和小女生。无数脚步声从朝雾另一方逼近，我向前跑去。"姐姐，再见！"小女生在后面哭着道别。

天越来越亮，追兵的声音已清晰可闻。药店和弹子球店的招牌飞快掠过。我气喘吁吁，侧腹部剧痛，但是如果我停下，就会被少年们包围。对方虽然都是小学生，但如果群起围攻的话，我根本没有胜算。假如不幸落网，我肯定又会被关进车库。

不久，我穿过拱顶街道，来到马路上。风吹散朝雾，泛红的天空下有块空地。马路旁立着汽车站牌，是暗红色的，随处可见的那种汽车站牌。

站牌旁，一个少年正百无聊赖地吹着口哨。

也许是注意到我靠近，他停止口哨，转过身来。

"咦？阿蜂呢？"

瞬间，我的心跌落谷底。我停下脚步，调整呼吸，努力装出若无其事的样子，不想让对方看出我的绝望。

"……你知道阿蜂要帮我逃走？""那家伙就是那种人。"无数脚步声从背后追上来。高年级的少年们聚在不远处望着我们。他们在等待少年阿蜜的指示。

一阵风吹得枯草摇摇晃晃。我们吐出白色的气息。周围只有萧条的拱顶街道入口、消防队旧址的空地和铁丝网，一派荒凉肃杀的景象。地平线悄悄透出一缕晨光，彻底驱散了朝雾，照亮了澄澈透明的天空。少年阿蜜像是觉得刺眼般皱起脸。

"我们这些孩子差不多该上床了，得装出熟睡一晚的模样，按掉闹钟，一边打哈欠一边吃掉大人们准备的早餐。如同家庭剧中的场景。""王国的事，我不会告诉任何人。""大人的话不能信。""我绝不会告诉别人。我答应过阿蜂。你们去创造你们自己的世界吧。试图摧毁大人的世界也没关系。若是几年前，我一定会加入你们，过着欺骗父母、老师和同学的生活。但是，我选择不加入。我有想要诚实面对的人。所以，我选择成为大人，我要维持现在的这个世界，也就是说我要创造你们打算摧毁的世界。我不会再逃避。当然，不能成为你们的伙伴，我也很难过。但是，请让我回家吧。"少年阿蜜撩起刘海，傲慢的细长眼睛斜睨着我。"车来了。"

汽车从远方驶来，银色车身在朝阳下闪闪发亮。箱形的巨大车体停在站牌旁，大量尾气漂浮在四周。伴随一声轻响，车门打开。

"那我走了。"我向少年阿蜜和追赶我的少年们宣布，然后快步走上车。车里一个乘客都没有。"阻止我也没用！""你走吧！小野姐姐，你就等着变成普通的老太太吧。"少年阿蜜耸耸肩。"笨蛋！大笨蛋！"

这时，少年阿蜜手指一弹，一个银色物体在朝阳下发着光，划出弧线，穿过车门，飞到我面前。我下意识伸手接住。"给你留个纪念。"

张开手一看，是那把银色的钥匙。

是他开启保龄球场大门时使用的钥匙，换句话说，是通往王国的钥匙。你随时都可以回来，我感受到他的心意。正当我犹豫着是否要把钥匙扔给他的时候，车门关上了。

我暂时放下心。本来我还担心他们会闯入车内把我硬拉回去，但他们只是静静呆在原地。少年阿蜜没有行动，其他孩子也不会轻举妄动。我把钥匙放进兜里，在车里走了几步。他们的视线越过车窗紧紧盯着我。

车身微微颤抖，终于要开动了。我坐在后面的座位上，贴着车窗玻璃往外看。景色流动，少年阿蜜他们的身影逐渐远去，很快就看不见了。

从此，我再也没有见过他们。

随着时间流逝，我越来越不确定那件事是否真的发生过。但是，周围的人仍然记得我曾经下落不明的事。"我在后备箱里""我在保龄球场"，我发出的短信也仍然留在橘敦也的手机中。

虽然不想再被孩子们追赶，我还是想查清楚保龄球场的正确方位，所以曾试着在地图上寻找。乘车出门时，我也会留意外面是否有类似的街景。我还向巴士公司打听过，有没有哪一站设在消防队旧址的空地上。然而，一切都是徒劳，保龄球场就像随着朝雾消散了似的，寻不到半点踪迹。巴士公司的人连有那样的车站都不曾听说。

我在记忆长河里搜寻那天回来时沿途的景色，却依然一无所获。那天上车后，不久我就放松精神，开始打瞌睡。很快，车子已经行驶在文善寺町熟悉的道路上。不知何时，车上坐满了上班和上学的人。那座小镇和我居住的文善寺町中间的那部分景色从我的记忆中完全剥离。

我一直都不知道王国的位置。渐渐地，于我而言，那座保龄球场变成了海市蜃楼般的存在，时而仿佛伸手可及，时而又像远在天边。

对橘敦也，我提出了分手。对不起，我不喜欢你。那天，我下了车，在回家路上给他发了这样的短信。当时，橘敦也刚起床，而我的手机电量几乎为零。对不起，我没能和你培养出恋情，不过，多亏有你，我才能下定决心。谢谢你。虽然不喜欢你，但是我要谢谢你。虽然不喜欢你，但不是讨厌你。我想见你一面，向你道谢，我还有好多话向对你说。在我的脑海中，你的脸模糊不清，大概是因为我不曾好好面对过你。我很抱歉。不知为何，我想看看你的脸。不，不是那种意思，我真的不喜欢你。我对你的兴趣，和对菜店里的白萝卜差不多。我没有睡迷糊。

到家时，我发现兜里的钥匙消失了。是掏手机时，不小心弄丢的吗？如果是这样的话，文善寺町的路边某处应该躺着一把银色的钥匙。要去找吗？我思考片刻，决定还是算了，反正我也不需要了。

上面讲的这些事发生在二〇一〇年。那一年，镇上发生了恐怖命案，除夕夜到元旦天降大雪，真是令人难以忘怀的一年。

此后又过了三年，我成为大学生，和父母的关系似乎也稍有改善。我们几乎不再吵架。我也不会像以前那样，处处看父母不顺眼，动不动就和他们作对。大学课程不算很有趣，但是老师有时也会讲一些让我感兴趣的事。比如，宗教改革这堂课上，那位上年纪的老师不知为何讲起保龄球的起源。保龄球原本是一种宗教仪式，人们认为球瓶象征恶魔和灾难，把球瓶打倒就可以消灾避祸。起初，这个活动只在宗教家之间流行，后来是著名的马丁·路德使之逐渐普及，并统一了各地不同的游戏规则。

为了消灾避祸……

我想起那些孩子。

王国还存在于世上某处吗？

说不定王国早已灭亡，大家都回到原来的生活中去了？

一个周日，我和明明已经分手，后来却不知为何成为好友的橘敦也，前往市立图书馆。我要写学期论文，他答应帮我收集资料。假日，图书馆里人很多。橘敦也虽然没有足球天赋，但却有在网上检索相关材料并复制粘贴的才能。换句话说，他拥有大学生最需要的技能。

我学累了，一个人在图书馆溜达透口气。童书专区有个小广场，聚集着许多孩子。一个女馆员正在为他们读绘本，她的名牌上写着"山里"二字。

我在不远处观望了一会儿，女馆员说完"这是一个圆满的结局！"便阖上书本。孩子们拿着各种绘本围着她，嘴里吵嚷着"接着读这本！""这本比较好！"但是，她似乎很忙，讲故事的时间到此结束。孩子们有些失望，不过兴趣很快就转移到其他地方，他们扔下图书、图画纸和蜡笔，一溜烟跑掉了，现场只留下我和女馆员。我看着散落一地的图画纸，她告诉我："刚才大家一起画画来着。"接着，她把绘本放回书架，开始收拾蜡笔。她的无名指上戴着一枚闪亮的银色婚戒。

不远处，孩子们在书架间跑来跑去，身影忽隐忽现，可以听到啪嗒啪嗒细小的脚步声。

散落的图画纸上，每一张都描绘着富有童心、活力十足的画面。我一张张捡起来细看，飞机、鲸鱼、游乐场……全都让人不禁从心底发出微笑。看着看着，我突然停下手头的动作。"怎么了？"女馆员问。"……不，没事。"我回答。

"这个标记是什么意思啊？"她望着图画纸说。"以前也有孩子画过这种黄色的王冠，不知为什么，那孩子也画了保龄球场。"我一眼就看出画上画的是保龄球场，因为有很多整齐排列的球瓶，墙上挂着一面眼熟的旗帜，孩子们聚在附近玩耍。

画这张画的孩子就在刚才那群孩子里。

王国依然存在。

我用指尖轻触用蜡笔涂成黄色的王冠。

"孩子们也许做过这样的梦。梦中，他们找到了只属于自己的王国，一个大人无法介入的王国。"

女馆员一怔。我把整理好的图画纸交给她，离开童书专区，一边走一边想象着那些躺在床上装睡的少男少女。

等大人睡熟，他们就会打开窗户，趁着皎洁的月色出门吧。

有的孩子穿着事先准备好的鞋子，有的孩子则光脚爬下屋顶。

寂静的夜晚，沉默的小镇，无数小小的身影在移动。

他们逐渐聚拢，人数越来越多。

夜雾中，穿睡衣的孩子们欢笑嬉戏。

就像一支愉快的乐团在游行。

就像一则美丽的童话。

然后，孩子们便被引向王国去了。

白色足迹

朋友总是随身带着一台小数码相机，看到美景就拍下来。我一直对此很憧憬，十六岁生日时，让妈妈给我买了一台。我第一张照片拍的就是妈妈。不擅长看说明书指示的我，凭直觉按下快门，没想到却拍出了令人惊艳的照片。妈妈的表情真的很美。她年轻时学过芭蕾，脖颈修长，拍出来特别漂亮。"好棒的相机啊!"我不禁心想。后来，我才知道其实并非因为相机性能好。我又拍过很多照片，效果均一般。所以，大概当时拍照那个瞬间，种种因素——譬如，妈妈的表情、窗外光线的强弱、我轻松的心态——完美结合在一起，才成就了真正的奇迹吧。

因此，我选出那张照片拷贝给从业人员，他们截下妈妈的身影，制作成新照片。如今，为照片上的人物换衣服简直是易如反掌的事。经过处理后的遗照就摆在外婆家的大佛坛上。我童年时父母就已离婚，孑然一身的我只好投靠外婆家。

和外公外婆一起生活不到一星期，我偶然之间发现了奇怪的鞋印。一月一日，我出门散步，随手拍摄镇上的风景。我在这个新定居的小镇探险，并远远眺望了第三学期将要转入的学校。雪地上留下了我的足迹。回家途中，我发现一座公园，也许是天冷的缘故，一个孩子都没有。整片干净的雪地上仅仅印着一排鞋印。

那鞋印从入口直线延伸到公园中央的长椅旁，从宽度可以看出是男性的鞋印。长椅上的积雪掉落了一部分，应该是留下鞋印的人坐下时拨掉的吧。

一开始，我并没有感到奇怪，只是呆呆地望着那些积雪的游乐器材。但渐渐地，我开始留意那些鞋印。鞋印的终点在长椅旁，肯定有人从公园入口走过来，在长椅坐下。但是，鞋印的主人究竟去哪儿了？如果他离开长椅，去了别处，那他应该留下其他鞋印才对。然而，我并没有发现其他鞋印。

怎样才能不留下鞋印而离开公园呢？抓住直升机垂下的绳索，吊在空中离开？这样做的目的是什么？我围着长椅绕了一大圈，怎么都找不到答案。我心里发毛，赶紧跑回外婆家。

＊　　＊　　＊

除夕夜，公寓 205 室，我窝在被炉里，一边观看众多艺人登场的综艺节目，一边就着用微波炉温过的酒吃橘子。突然，我想在跨年的瞬间纵身一跃，于是爬出被炉开始活动身体。就在这时，我收到一封短信。研究生院的朋友炫耀自己正与新交的女友在夏威夷跨年。看到短信，我心里五味杂陈。他新交的女友是我暗恋许久的同班女生。啊，怎么会这样！我该如何回复他才好呢？在我苦思冥想之际，电视里传出欢闹声。新年已到。

"去死！"我回信给朋友。然后，我决定看在碟片租赁店借到的科幻电影。一人用小冰箱里还有香肠、菠菜和快过期的鸡蛋，我用这些做了下酒菜，再打开老家寄来的泡盛酒①。一切准备就绪后，我开始播放碟片。片中，主角们遭到来自平行世界的怪兽攻击，真是无聊透顶。

然而，平行世界真的存在吗？或许是身为理工科研究生的缘故，我不禁开始深入思考这个问题。其实物理学界也在探讨是否可能存在与这一宇宙类似的其他世界，也就是量子力学里提出的多世界解释。不知道平行世界中是否有怪兽，不过，如若真有来自那个世界的访客，我希望最好是个可爱的女生。想着想着，我趴在被炉里睡着了。

第二天早上，我迷迷糊糊地起来打开窗帘，玻璃窗上凝结着大量水珠，外面似乎明亮得过分。我打开窗户，只见白茫茫的一片，简直白得惊人。我震惊到差点儿笑出来。冷冽的空气流入充满酒味的房间里。

---

① 泡盛酒：冲绳的一种烧酒，多用泰国或缅甸产的大米发酵并经过蒸馏后酿造而成。

生长在南方的我几乎没见过雪景。一个人来这里生活之后，每年都会下小雪，但积雪从未如此厉害。我走出大门，下楼，踏上白雪覆盖的地面，连脚踝都陷进雪里。身体很快就冻僵了，我逃回房间。冲完澡，洗掉满身酒气后，我觉得饥肠辘辘。那么，就像雪中行军的战士那样，穿越雪地向便利店进发吧。这不就和《八甲田山》①里的场景一样嘛？光是想象，我便兴奋不已。

这座小镇叫文善寺町，宣传语是"编织故事的小镇"，也许是因为市立图书馆设在这里的缘故吧。不过，我基本只去大学图书馆，从未涉足那里。

二○一一年一月一日，文善寺町街上空无一人。道路、屋顶、常绿树小小的叶子上全都覆盖着白雪。邮筒、信号灯、停驻的车辆上也仿佛盖上了松软厚实的白色棉被。整个小镇安静异常，是雪把所有声音都吸收掉了吗？平常去便利店的路上总会碰到大量行人，今天却不见一个人影。大家怕冷，都躲在开暖风的屋子里了？或者，大家都回老家过年，所以小镇人口减少了？我一向避免在返乡高峰时回老家，因为这时候机票贵得吓人。在便利店，我遇到店员和几个顾客，总算看到了自己以外的人。我买了饭团，打算到公园一边欣赏雪景一边吃。

---

① 《八甲田山》：该影片讲述了日俄战争爆发前夕，日本陆军在冰天雪地的八甲田山进行演习的故事。根据新田次郎的小说《八甲田山死之彷徨》改编，1977年上映，由高仓健和北大路欣也主演。

平日聚集着大批孩子的公园今日也杳无人迹。雪地上尚未留下任何足迹。嘎吱、嘎吱，我踏上那片纯洁无瑕的积雪，像盖章似的印上一个个脚印。穿过覆盖着白雪的跷跷板和滑梯，来到公园中央的长椅旁，我拨开上面的积雪坐下，朝冻僵的双手哈气。

吃完美味的饭团，接下来干什么呢？堆个雪人？盖一间雪屋，在里面喝热酒怎么样？要不去河堤走走？我仰望阴霾的天空，茫然地想着。

嘎吱……

突然，我听到有人踏上雪地的声音。

是从我所坐的长椅背后传来的。

嘎吱……

有人站在我身后！我飞快回头。

没人。长椅背后是白雪覆盖的广场，空无一物。

嘎吱……

又听到声音了，只有声音。不远处有一簇草丛，有鸟躲在里面吧？那一定是鸟叫。

白色颗粒飘过视野，是雪花。我拿出手机拍下公园的雪景，附上简短的文字，发给母亲。

"妈妈，新年快乐。我这里下雪了。"

既然没什么可做的，还是回公寓吧。我起身刚要离开，突然察觉到情况有异。

公园里始终只有我一个人。刚进来时，白茫茫的雪地上没有任何痕迹。但是，不知何时，除了我的鞋印以外，又出现了另外一个人的鞋印。从尺寸看，应该是孩子或女人留下的。连鞋底的花纹都清晰地印在雪地上。

不可能。虽然我一直坐在长椅上发呆，但如果有人走进公园，我应该会注意到。可是，留下鞋印的人却躲过我的视线，在各种游乐器材附近转来转去，足迹到处可见。更令人难以置信的是，那鞋印一直延伸到长椅后方。也就是说，对方在我坐的长椅周围绕了一圈，而我却全无觉察。

* * *

我睡在妈妈儿时住过的房间。深夜醒来，我决定给朋友写信。不经意望向窗外，灯光下，巨大的白色雪片在黑暗中飘舞。

雪是一种不可思议的物体。理科老师说过，雪具有天然的无机质结晶构造，所以一度被归为矿物类，像金、银、钻石一样的矿物，虽然它是如此虚幻飘渺。

* * *

光线从窗帘缝隙射入，把我从睡梦中唤醒。这是新年第二天的早晨。手机屏幕亮着，临近午夜时，母亲发来短信，并附有一张父亲的睡颜特写。"谁要看这个啊！"我不禁大叫。

我蘸着酱油吃了烤年糕，然后给朋友打电话，想找他们出来玩。不是所有人都回老家过年，应该有几个人留在本地。可是，第一个电话打过去，对方以"我要打工"的理由拒绝了我。第二个电话根本无人接听。

我打开窗户，呼吸着冰冷的空气。昨天下午到深夜似乎又下雪了。雪景焕然一新，应该还没有印上任何足迹吧。我回忆起昨天在公园看到的那些不可思议的鞋印，很想把这件怪事讲给别人听。但是，我今天依然形影只单。

我决定堆个雪人，打发上午的时光。公寓前的路边积着松软的雪，我滚了一个很大的雪球，又从树篱下找来黑色石头嵌在雪球上当眼睛，雪人便完成了。我把它命名为"小吉"。我从自动贩卖机买了热乎乎的红豆年糕汤，一边喝一边欣赏我的雪人小吉，手套包裹的罐口冒出白色蒸汽。看着看着，我觉得孤零零的小吉好像很寂寞。

"好，我知道了！这就给你做个伴儿！"

于是，我开始堆第二个雪人。顺便一提，即使我这样自言自语，也不会有人觉得奇怪。和昨天一样，文善寺町寂静无声，我连公寓楼里的其他住户都没遇到。这座公寓楼是两层建筑，就房间面积来说，房租很便宜。租客不仅有大学生和研究生，还有带小孩的年轻夫妇，以及独自居住的老人。大家平日也有一些交流，但从昨天起，我就没遇到任何人，也没听到隔壁有任何动静，好像大家把我一个人扔在这里了似的。这种情况还是第一次。

我停下手，眺望小镇。这个地方平时充斥着各种各样的颜色，邮筒的红色、弯道反光镜的橘色、马路的黑色，等等。然而，在这样积雪的日子，一切都被白色覆盖，宛如神明挥动画笔前的空白画布一般。雪，常被认为有清洁净化之功效。杂乱的色彩被纯白取代，这个世界仿佛也得到了彻底的净化。

很快，雪人小吉的女朋友"雪子"就完成了，这个身材惹火的美女就立在小吉身边。

"小吉，你真幸运，有这么漂亮的女朋友，好羡慕啊……"

我拍拍小吉圆圆的肩膀，感慨万千。这年头连雪人都有女朋友，而身为人类的自己却只能孤零零地过年，这还有天理吗？我辛苦养育的雪子为什么要交给小吉？不舍之情油然而生。

"不行，雪子不能跟你走！我不同意！"

我试图抱起沉重得出乎意料的雪子，拉开她与小吉的距离。但是，当我对上她那双石头做的眼睛时，忽然又冷静下来。

"是这样啊，雪子，你对小吉……"

这时，兜里的手机响了。是刚才没接电话的朋友打来的，他大概看到来电提示了吧。

"喂，近藤吗？你找我什么事？"朋友说。

"要出来玩吗？"我问。

"不要。我正和女朋友进行'新年开笔仪式①'。"

"……真是的！这个世界上怎么到处都是情侣！"

"没错。不然人类就灭绝了。"

"话说，新年开笔仪式你都写了什么？"

"那还用说，当然是'爱'啦。我们写了一堆'爱'字。"

"真不知羞耻！"

"那你在干嘛？"

"难得下大雪，我在堆雪人，和雪人演小品。"

"呵呵，真有闲情逸致。"友人不屑地笑笑。

"独处有助于我们建构独立的世界观。像你这样，整天和女朋友粘在一起，只能被媒体灌输的平庸世界观洗脑。"

"我只听到负犬的远吠。算了，过完年聊聊自己过年的方式，谁的方式更有意义，谁就是赢家。"

"什么！"

我一时语塞。与恋人进行新年开笔仪式的他 PK 与雪人对话的我，哪边过得更有意义不是一目了然吗？但即使如此，我也不能示弱。

"没、没问题。新年假期才刚开始呢。"

"哦，有魄力！那么，等过完年大家聚一聚，到时候你来讲讲

_____

① 新年开笔仪式：根据日本习俗，通常在新年的第二天进行，即用毛笔写下吉利的词句，迎接新年。

自己充实的新年假期吧。"

　　朋友大笑着挂断电话。公寓前鸦雀无声，只有小吉和雪子与我大眼瞪小眼。

　　回到房间，我钻进被炉，一边喝热茶一边深深地反省。我脑子进水了吗？打那种赌真的没问题？从前，我梦想过自己成为对着雪人说话的大人吗？这不是傻瓜吗？我真是大笨蛋。都二十八岁的研究生了，还在跟雪人说话。过了二十岁就是大人，但是我这样能算大人吗？我觉得自己还身处孩子的延长线上。从十九岁变成二十岁的瞬间，我记得很清楚。当时，我在公寓的浴缸里放满水，戴上泳镜，潜入水中迎接午夜零点的到来。我还拜托朋友帮我拍照，为了纪念踏入二十岁大关的那一刻。啊啊，我果然是傻瓜。我对着空荡荡的房间低喃：

　　"人生不过是一个行走的影子，一个在舞台上指手画脚的拙劣的伶人。登场片刻，就在无声无臭中悄然退场。"①

　　为了治愈孤独，我开始重读昨天收到的贺年卡。有几个人给我寄了贺年卡，但我没给人家寄。惨了！于是我赶紧拿出多买的贺年卡，写下新年初始的祝福和对方的通讯地址，如果今天投递的话，过年期间应该可以寄到。我把刚写好的贺年卡放进大衣口袋出门，路过两个雪人，朝邮筒走去。此时没有刮风，呼出的白气停留片刻

　　———————————

　　① 《麦克白》五幕五场，朱生豪译本。

后，消散在空气中。

我边走边回忆昨天奇妙的体验。文善寺町不愧是"编织故事的小镇"，长住此地，有时也会听到某些类似于都市传说的奇闻轶事，但是从来没听说过这里有透明人居住。我看到的肯定是透明人的鞋印，否则不可能出现那种情况。鞋印通向公园出口，我曾试着追踪，但跟到商店街的高架桥下，地上没有积雪，鞋印也就无处可寻了。我返回公园，沿鞋印来时的方向逆向追踪，想找到透明人的住处，依旧徒劳无功。雪越下越大，鞋印完全被掩盖。幸好我用手机拍下了鞋印，否则我一定会失去自信，怀疑那并非真实发生的事。

我把贺年卡投进积雪的邮筒后，决定顺道去趟超市。我从小巷进入停车场，向超市大门走去。宽阔的停车场被白雪覆盖，雪地上残留着几道轮胎痕迹和数名行人的鞋印。走过一辆轿车时，我突然感到好像有什么非常不对劲，于是停下脚步。

没有风，静悄悄的停车场只能听到自己的呼吸声。有什么东西很奇怪。仔细看去，一辆车的后方留有轮胎痕迹，四个车轮在雪地表面画出曲线，行人的鞋印穿过曲线，点点向前延伸。我留意观察，终于发现了感到不对劲的原因。

行人的鞋印与轮胎痕迹重合。鞋底的花纹清晰可见，没有遭到车轮碾压。这说明车子停下后，才有人走过。若是相反，鞋印就被车轮压没了。

但是，鞋印穿过车底，一直延伸到停车场的出入口。这怎么可能？我弯腰查看车下，地面与车底之间的空隙最多只有二十几厘米，但地面上的鞋印并未中断。如果车停在这里前，鞋印就存在，便毫无问题，可以自然而然地推断车是碰巧停在鞋印上的。但是，如果鞋印是停车后才留下的，那个人究竟是怎样通过车下狭窄空间的呢？

一个念头闪过脑海，我急忙拿出手机查看昨天拍下的奇怪鞋印，果然与眼前的鞋印一样，连鞋底花纹都分毫不差。假如这真是透明人的鞋印，那么如果透明人想在车底留下鞋印，那他透明的小腿应该会撞到车的保险杠，痛得要死。所以，也许留下鞋印的不是透明人。那究竟是什么呢？新型生物？还是妖怪？

我想起刚刚与朋友定下的赌约。过完年举行聚会，看谁的过年方式更有意义。尽管我基本败局已定，但如果我能查明鞋印的真相，不也算是过了一个有意义的新年吗？说不定我真能发现新型生物呢。届时，一定会让那个与恋人进行新年开笔仪式的不要脸的家伙大吃一惊。

我决定跟着雪地上的神秘鞋印前进。此时我不奋战到底的话，世界就会被"和恋人在一起才是人类的幸福"这种错误的价值观污染。我离开停车场，沿着鞋印指引的方向往前走。如果追到尽头，应该可以查明一些情况吧。

松软的雪地上印着一个个下陷的鞋形痕迹，雪在鞋底和地面之间挤压，形成鞋底的花纹。我追着鞋印不断朝前走，然而，在住宅区三岔路口的中央，鞋印突然中断。

2

邮局在哪里？我停在三岔路口中央，思考该往哪边走。向右？还是向左？仔细想想，人生就是一连串的岔路，往那边走是一种未来，往这边走又是另一种未来。我想给朋友寄信，寻找邮筒时却迷了路。放眼望去，四处一片雪白。听说雪不会吸收光，而是通过反射形成散乱光，所以雪在我们眼中才呈现白色。

嘎吱……

我听到有人踏过雪地的声音。我环顾四周，不可思议的是，附近空无一人。

* * *

我一边走一边思考一些可能性。会不会是具有意志的鞋子自动行走？比如，鞋子被化工厂排放的奇怪物质污染而产生了自我意志，要不就是死者的灵魂附在鞋子上。假如只有鞋子，那就有可能穿过车底留下痕迹。鞋子体积小，难怪昨天我在公园没有发现。

鞋印在前方不远处中断，可是，我并没找到具有意志的鞋子。三岔路的积雪上的的确确只有鞋印。最后一步是左右两只鞋子并排的状态。怎么看都只是雪地上随处可见的鞋印而已。我有点儿失望，但慎重起见，我决定靠近观察。于是，我绕到鞋印正面，欠身把脸凑近雪地。就在此时——

嘎吱……

传来踩雪的声音，同时，地面又冒出新鞋印。眼前的雪地不断出现一个个凹陷，雪被挤压，浮现出鞋底花纹。这不同于我所知道的任何一种自然现象，是未知的神秘事件。我被出乎意料的发展惊呆，一时间动弹不得。

嘎吱……

嘎吱……

嘎吱……

右、左、右，鞋印交互出现，逐渐向我接近。

要撞上了！没等我做出反应，鞋印已从我的胯下穿过，在身后洁白的雪地上延伸而去。惊愕万分的我突然灵光一现。

如果对方是透明人，应该会跟我撞在一起。换句话说，这家伙根本没有实体吧？

而且，对方似乎没有觉察到我在这里，也就是说他没有人的视觉。要是能够看清周围，应该会发现我靠近，他的反应多少会显现在鞋印上。

我恢复冷静，继续追赶雪地上突现的鞋印。对方每留下一个鞋印，就会发出挤压积雪的声音。我跟在后面，踩雪声稍慢半拍，与他的脚步声呼应。

　　嘎吱……

　　嘎吱……

　　嘎吱……

　　嘎吱……

　　嘎吱……

　　嘎吱……

　　嘎吱……

　　嘎吱……

　　嘎吱……

　　嘎吱……

　　那家伙突然停步，我不小心超过了他。我又从旁边绕回到他的鞋印旁。

　　唰，对方急速后退，雪地上的痕迹显示出他好像要远远躲开我。看来，他发现我了。对方果然能看见吗？几米开外的鞋印静止不动。我怕吓到对方，也停下脚步，慢慢伸出手，假装自己是娜乌西卡①在安抚受惊的猫狗，"乖，别怕别怕。"但是对方毫无反应。

---

　　①　娜乌西卡：宫崎骏的名作《风之谷》中的女主角。

"喂……"我向鞋印挥挥手，还是没反应。嘎吱，我试着走近一步，这次对方反应强烈。那家伙躲避似的移动位置，雪地上又自动生出新的鞋印。

我站在路中间，朝鞋印又是挥手又是召唤，时而靠近，时而远离。重复多次后，我得出几个结论。第一，对方好像听不到我的声音，就算我大声恐吓，鞋印也不为所动。第二，对方好像看不到我上半身和手上的动作。比如，我发出吼叫，做出猛扑的姿势，对方也没有害怕的表示。第三，对方似乎不是什么都看不见。他能看见雪地的变化，尽管对我的声音和手势没反应，但只要我踏出一步，他就有所行动。更确切地说，当我的脚悬在空中时，对方没有反应。当我的脚接触地面，施加压力，在雪地上踩出鞋印时，对方才知道我的行动。然而，那对鞋印并没有要逃跑的意思。若是离群索居的妖怪，有点儿风吹草动不是会立刻逃之夭夭吗？可是，对方虽保持警惕，却好像在观察我似的，因为即使移动，鞋尖也一直朝向我。他只想与我保持距离而已。

这条路很宽阔，两旁排列着独栋民宅。目之所及，到处是白茫茫的一片。在这雪白的天地里，我与那双鞋印展开对峙。路边有高约十五厘米的马路牙子，隔开车道与便道。鞋印脚尖朝向我，像画圆似的移动。"啊!"我惊叫一声。马路牙子上的积雪突然翻起，看痕迹正好是鞋子的宽度。对方像是没注意到马路牙子，脚下打滑。

啪叽……

传来雪被挤压的声音，一个有别于鞋印的椭圆形痕迹在地面出现。那是屁股的压痕吧？不是我成天只想着屁股，而是考虑到椭圆痕迹与周围鞋印的距离，才得出这一推测。透明人滑倒，屁股着地的话，就会留下这样的凹痕吧。但是，我只听到雪被挤压的声音，若是有重量的物体摔个四脚朝天时，应该发出"咣叽"一声才对。总之，先把对方扶起来吧。我朝对方可能在的位置伸出手，但指尖只能感到空气的流动。路人看到我的样子，八成会误会我在雪地里练习劈手刀，并把我当成神经病报告给警察。

嘎吱……

雪又发出声响。我俯视新出现的凹痕，不禁倒吸了一口凉气。鞋印的主人好像已经自己用手撑着地，站起来了。一个五指分明的手印赫然出现在我的脚边。

* * *

我拍拍身上和手上的雪，人没有受伤，相机也没事，幸好已经收起来了。相机要是摔坏就哭死了。我左右张望，没人看到我丢脸的样子。大雪覆盖的住宅区不见人迹，世界寂静无声，宛如时间停止一般。

嘎吱……

传来踩雪的声音。比起疼痛的屁股，眼下有更加迫切的问题需要面对。我脚边有个尺寸较大的鞋印，大概是男式运动鞋吧。那是昨天我在公园看到的神秘鞋印，尺寸和花纹都一样。

嘎吱……

雪地上又冒出新鞋印。不知从什么时候起，那对鞋印一直跟在我后面，听到踩雪的声音我才意识到这一点。可是，对方似乎不仅仅是鞋印。

接着，雪地上出现一个指尖大小的坑洞，我屏息观望，那个小洞横向拓宽，雪被拨开，画出一条线。线条逐渐形成文字，最后组成一句有意义的话。

没事吧？

雪地上出现语言了！

*　　*　　*

我知道鞋印的主人对雪地上的变化有反应，但对方能理解语言吗？我决定先用日语试试，如果对方没反应，再用英语。我用手指在雪上写下文字，向跌倒的隐身人传达信息。漫长的沉默之后，最后出现的鞋印前浮现出一些疑似用手指划拉的线条。

我屁股疼。

字很漂亮。现在，我知道对方能够读懂文字，并且会日语。我忍不住做了个胜利的手势，已经开始想象朋友咬牙切齿不甘心的表情了。比起和女友腻在一起，进行新年开笔什么的，成功与异种族生物交流的我，显然对人类文明的进步做出了更有意义的贡献。

你是谁？

我在旁边的洁白雪地上写下这句话。经过一段时间思考，雪地上又出现了文字。不是整句话突然冒出，而是一笔一画逐渐显现的。我耐心地在旁观看。

我是人类。

空中飘下棉絮般的雪花，神明似乎想让文善寺町保持雪白的状态。"我是人类。"我盯着这句话猛看。那家伙看来并不仅仅是鞋印，虽然我看不到也感受不到他，但是在某个地方他也是有实体存在的。他不用汉字，是因为在雪地上不容易写下复杂的字吧 ①。

---

① 原文中，雪地上出现的文字均为日语假名。

我也是人类。

哦。

我只能看到鞋印。

我也是。

对方会日语，表明他应该和我一样都是日本人。虽然这不是异种族之间的交流，但是这个话题的冲击性已经足够击败朋友了。

对方和我似乎面临相同的情况，只能看到彼此的鞋印和雪地上的文字，就像通过雪地给对方发传真一样。由于空间扭曲，我所在的雪地与他所在的雪地连在一起。

你在哪里？哪个县？

我问对方。
回答很快出现。

我在东京。

对方接着往下写。

我读完后一头雾水。

文善寺町。

*　　*　　*

我把冻僵的手指伸进外套里，夹在腋下取暖。对了，把这个现象记录下来吧。我从兜里拿出相机，将镜头对准雪地，就在我冻得通红的手指即将按下快门的那一刻，新的文字又出现了。怎么看都是不可思议的情景。松软的积雪被一股看不见的力量挤压，向前后左右推动，然后形成文字。

我也在文善寺町。同一个地方。

文善寺町？发出这一讯息的某人说自己也在这座小镇。但是，我身边一个人影都看不到，只有纯白的风景在眼前延伸。我困惑地呼出白气，文善寺町也很大，也许我们在同一小镇的不同地点吧。但是，那不断自动生成的鞋印避开了把我绊倒的马路牙子，而且也没有跑到住宅围墙的另一侧去。就是说，我所在之处与对方所在之处，地形完全相同。如果只看雪地上的变化，这个人应该就在我跟前才对。事到如今，我终于开始心慌，难道是灵异现象吗？于是，我提出一个问题。

你是幽灵吗？

我是活人。而且肚子饿了。

或许对方没意识到自己死了，我看过的电影和外国电视剧里就有这种幽灵。不久，又有文字出现。

我这里是 2011 年 1 月 2 日 12 点 15 分。你那边呢？

我这边也是。

好像也没有时间差异。

这个人在思考明明在同一地点却看不到对方的原因吧。如果两边时间有差异……虽然也很奇怪，但这就能解释对方为何不在眼前了。然而，我们不仅呆在地图上的同一地点，日历上显示的日期也一样，连钟表指针位置都相同。情况越来越费解了。也许是积雪让文善寺町发生了某种紊乱吧。就像电车停运、火车晚点那样，维持世界固定形态的某种要素因大雪而失去效能。

不过，如果这个人真是文善寺町的居民，也许能帮我解决眼前的问题。

* * *

我在找邮局。

你迷路了？

是的。

寄贺年卡吗？

普通信件。

邮筒不行？非去邮局？

还没贴邮票。

我也刚寄出贺年卡。这个共同点与解开神秘现象有关吗？比如，我们两人都想向外部传达讯息。不，大概是我想多了。话说回来，对方居然不知道邮局的方位。文善寺町的居民都应该知道吧。也许是刚搬来的？不知何时，我已经把这个看不见的对象当作真实的人来对待了。我本想在雪地上画地图告诉他邮局的位置，但画到一半就觉得很麻烦。

我带你去吧。跟我来。

邮局离这里不远，直接带路比较省事。我举步朝前走，但鞋印却没有跟上的意思。好几个鞋印在同一地方重叠，对方好像在原地踏步。从刚才的对话可以推断，我们只能看到雪地上的变化，另一侧的人仅能看见我的鞋印，我也一样。在这种莫名其妙的状况下，突然被指示跟着莫名其妙的鞋印走，换作是我，我也会犹豫吧。所以还是画地图好了。就在这时，那人跨出一步。

*　*　*

我相信，他应该不会把我带到奇怪的地方去。一步一步，我们交互迈步，我追踪着那双比我大几号的鞋印向前走。

嘎吱……

嘎吱……

嘎吱……

嘎吱……

嘎吱……

嘎吱……

踩雪的声音彼此呼应，仿佛两人在合奏。鞋印在我斜前方移动，明明看不见那人的身影，却能看到他清晰的足迹。马路上没有车辆，鞋印爬上天桥，鞋底的花纹印在一级一级的台阶上。我停步，走在前面的鞋印也会停在不远处，好像时时不忘回头确认我是否跟上。

站在天桥远眺，文善寺町银装素裹，就像洒满砂糖一样。稍一用力就会轻易折断的纤细树枝上也积满软绵绵的白雪。走在前面的那个人好像也在欣赏同样的景色。从他脚尖的方向隐约可以猜得出。对方的心跳、体温，这里都感受不到，只有雪地上的足迹告诉我他的确存在着。

看上去，那是好心的鞋印。不久，邮局的招牌出现在眼前。

＊　　＊　　＊

我原本担心新年邮局不开门，但好像仍然正常营业。室内亮着灯，服务窗口也能看到工作人员的身影。

非常感谢。

对方在邮局门前的雪地留下文字，鞋印向门内延伸。屋檐下方没有积雪，所以我不清楚那人的动向。我心不在焉地等待入口的自动门打开，但门毫无动静。不过这也不表示那人没进邮局。在不是此处的另一个文善寺町，他应该已经穿过自动门走向服务窗口了。

虽然没有约定，我仍然决定等待鞋印的主人办完事。我还没有得到能让众人信服的证据，足以在年后的朋友聚会上证实我的经历是事实，而非信口胡编。我用手机拍了几张照片，但静止图像容易被人质疑是伪造的。下次我打算录像。于是，我摆弄手机，确认录像功能是否正常。对我而言，录像功能就是个摆设。有恋人、孩子或宠物的人通常才会用到这种功能。像我这样的单身人士，顶多在目击火灾现场时拿出手机录下来。

白色的雪花依然悄无声息地不断飘落。外面很冷，我想在邮局里等，但在屋里就无法得知鞋印的主人何时办完事出来。望着满眼的雪花，我开始思考这个文善寺町与那个文善寺町之间的关系。

我们好像分处同样的小镇，但两个世界并非完全一致。比如，邮局自动门开启的次数就有差别。我所在的文善寺町的超市停车场里停放着车辆，但那边的停车场可能没有车。所以，鞋印的主人可以直接穿过停车场，在车子底下狭窄的空间留下足迹。小镇的构造、道路、拐角、天桥的位置、公共设施的地点，这些宏观方面犹如双胞胎般相似，然而在居民活动等细节上却有所差异。或许我们分别身处既相似又有细微差异的平行世界。

平行世界！想到这个字眼时，我自己都惊呆了。

对啊！就是平行世界！

嘎吱……

雪地发出声响，邮局入口附近出现鞋印。鞋印停顿片刻，我猜想对方在东张西望寻找我的鞋印。嘎吱、嘎吱、嘎吱，雪地上快速出现一个个鞋印，对方大概是朝我小跑过来。

我们移动到邮局的停车场，那里有宽阔的洁白雪地，一根铅笔长短的树枝掉落在草丛间。我捡起树枝在雪地上写字，这样手指就不会冻僵了。

可能是平行世界。

什么是平行世界？

我尝试画图说明。我从左向右画了一条长长的带箭头的直线，标为 A。然后在直线某一点分岔引出第二条平行的带箭头的直线，标为 A′。

这边和那边也许是分岔的世界。

我在两个箭头旁补充了一些说明。箭头 A 代表我的世界，箭头 A′代表鞋印主人的世界。

我们所处的"现在"，存在很多选择项。我早上打哈欠的世界，和没打哈欠的世界。我早上吃烤年糕的世界，和吃米饭的世界。选择其中一方后，没被选择的那个世界就消亡了。一般大家都是这样认为的吧。

可是，换个思路想想，如果没被选择的世界没有消亡，而是继续保留呢？如果我早上打哈欠的世界与没打哈欠的世界，两边都生成时间轴了呢？为了方便起见，我只画了箭头 A 和箭头 A′，但是如果每做一次选择，时间就会分岔的话，那么箭头的数量就无穷无尽了。而且，不只是我的选择，地球上所有生命体的选择都要考虑在内。不，还有宇宙中所有电子。任何一个电子的轨道发生偏离，都会使时间分岔吧。或许世界一直在增值，就像用吸管往肥皂水里吹气，会冒出无数泡泡一样。我所在的文善寺町和鞋印主人所在的文善寺町是两个相邻的泡泡，降雪使这两个世界发生了联系。

真的吗？

我想做个实验。

简单吗？

我想让你去一处公寓。我来带路。

为什么？

那里也许住着一个叫近藤裕喜的人。

那是谁？

是我。

如果鞋印的主人在平行世界的文善寺町，那里应该也存在一个孤零零过年的我。我想确认这件事，虽然我多少有些犹豫，让别人看到成年男子和雪人说话这种奇葩场面真的好吗？

好的。

那跟我来吧。

我举步要走，这时雪地上又冒出文字。对方是觉得既然我已报上姓名，自己也应该照做吧？还真是个守规矩的人。

对了，我叫渡边穗香。

我无法边走边写字，所以只好默默吐着白气，朝公寓前进。身后传来她踩雪的声音，但回头也看不到任何人。"渡边穗香"，从名字推断对方应该是女性，年龄不明。

我在路边等绿灯时，继续用手机录像。路上没车，人行横道被大雪覆盖，连白线都看不清了。她的鞋印就在我旁边，我朝她站立之处伸出手，却只摸到空气，的确什么都没有。两个世界信号灯变换的时间似乎相同，一变绿灯她的鞋印就迈向人行横道。我茫然呆立，她在马路正中停下脚步，脚尖转向我，仿佛在无言地询问"不过马路吗？"我举步向前，她的鞋印也好像放下心来，继续移动。

我的公寓出现在前方。空地上并排立着两个雪人，小吉和雪子。我捡起树枝在公寓楼前的雪地上写字。

看到雪人了吗？

雪人在哪里？

这附近。是我堆的。

我心生疑惑，这么大的物体会看不到吗？我在雪地上画箭头指示出小吉和雪子的方位。

没看到。

没有雪人？我心里七上八下，难道我不住在这里？还是说，我搞错了，她所在之处不是平行世界，而是完全属于不同种类的异世界。

你看看205室的信箱。

楼梯旁设有集合式信箱。205室的信箱上应该插着我用油性笔写的名牌，让别人看到我一笔烂字还真是蛮惭愧的。

她的鞋印朝公寓楼梯移动，进入没有积雪的屋檐下，我就无法掌握她的行动了。短短二十秒之后，她就回来了。鞋印朝我接近，然后地面出现文字。

有个名字。近藤裕喜。

我松了口气。在她所处的文善寺町似乎也有一个我。住在另一个世界的自己就称为"我"吧。"我"今天上午大概没堆雪人，而是做其他事打发时间了，所以那里才没有小吉和雪子。反正"我"肯定也是清早起来就喝酒、看电视、打盹儿吧。突然，我灵机一动，想到一个有趣的计划。年后的聚会上，我即使播放手机录像，他们也不一定会相信，所以不如让"我"助我一臂之力。

　　首先，我要让"我"给"那个世界的朋友"打电话，问出某些信息，比如恋人的生日，父母的姓名，毕业学校等等，只要是我不可能知道的信息就行，然后通过雪地告诉我。年后聚会上，万一朋友不相信我的经历，我就说出从"我"那里获得的信息。在这边的世界，朋友从未跟我提过这些事，所以到时候他一定会大吃一惊，不得不相信我，而我将反败为胜。比起和女友进行新年开笔，我的经历无疑更有意义。可是，向那边的她解释这个复杂的计划好像很困难。是不是请她先把"我"叫来比较好呢？反正"我"八成很闲，应该会赞成我的计划。然而这时，她在雪地上又写下一句令人费解的话。

　　还有另一个名字，潮音。

　　这是什么意思？
　　潮音？这是谁啊？

那是谁？

我问。
这次轮到她迷惑了。

就是"潮音"。我写错了吗？

　　雪地上，只有"潮音"二字写得很大。我对这个名字毫无印象。公寓集合式信箱上有这个名字吗？就算有，为什么她要特意告诉我？我抱臂沉思，脚边的雪地上又冒出一个个文字。我和她的鞋印相对，所以对方的字看起来是上下颠倒的。她这句话我读了好几遍，内容令人难以置信。但是，如果有多少选择，就有多少时间分岔的话，那么在无数个"现在"里存在那样一种情况也是可能的。

　　205 信箱并列着两个名字。是夫妇吧？

3

　　厚重的乌云遮住太阳，刚过中午，天色已经十分昏暗。雪花盘旋着落到公寓楼墙边。我被引导着来到公寓楼的集合式信箱前，205信箱上插着名牌，写有"205/近藤裕喜·潮音"。字迹清秀，好像是出于女性之手。近藤裕喜肯定就是鞋印的主人，但他似乎对"潮音"这个名字没印象。通过雪地上的交谈，我大致了解了他的情况。那个世界的近藤先生好像是独身，也没有女友，独自住在这栋公寓里，也不认识叫潮音的人。

　　能再帮我一个忙吗？

　　读完他后来写下的讯息，我再次走向公寓的集合式信箱前。205信箱挂着三位密码的数字锁。白雪覆盖的文善寺町依然寂静无声，我四下张望，确认周围无人。做这种事真的不要紧吗？不过，那是他的信箱，应该没问题吧。我用他告诉我的密码打开锁，信箱里塞满了贺年卡。我抽出一张，收件人并列写着"近藤裕喜·潮音"。

他的鞋印在住户专用停车位转来转去，一副坐立难安的样子。我走近他，在纯白的雪地上写下文字，向他报告这边的情况。

收件人写着潮音和你的名字。

只看信箱上的名字，可能会产生误会，所以他又拜托我看看贺年卡的收件人。看完之后，我更加确信他和潮音是夫妻。潮音的名字前没有写姓氏，这就说明两人姓氏相同。虽然搞不懂个中缘由，但是在那个文善寺町的近藤先生没见过潮音，而这个文善寺町的近藤先生与潮音相知相恋，最后步入结婚殿堂。

刚才，他向我解释两个文善寺町是平行世界的关系。根据他的推测，我们似乎身处分岔的不同时间轴上的"现在"。而无数"现在"中，碰巧相邻的两个世界通过雪地连结起来。他所面对的是可能发生的一种"现在"。

潮音是谁啊？

近藤先生的文字在雪地显现。略微凌乱的字迹好像也反映出他内心的不安。可是，我也不认识潮音。

请你去房间确认长相。

这怎么行。

可以假装搞错房间。

我不干。

拜托了。

我没理由帮你。

我不是带你去邮局了吗？

但是……

啊，人生不过是一个行走的影子。

我从文字中感受到他的迫切，不禁有些可怜他。近藤先生似乎无论如何都想知道潮音的身份。我长叹一声，呼出的白气飘散在空中。

那好吧!

太谢谢你了。

我三步并作两步爬上公寓的楼梯，穿过二楼走廊，赶到205室门前。门牌上也写着"近藤裕喜·潮音"。我侧耳倾听，门的另一侧毫无动静。我深呼吸，然后按下门铃，等了几秒，没有反应。我又按了第二次、第三次，还是没人应门。他们或许是回某一位的老家过年去了。

好像没人。

我回公寓前向对方报告。可是，就算有人在家，出来开门的也不一定是潮音，说不定是在这个世界居住的近藤先生。那边的近藤先生叫我确认潮音的长相之后又能怎样呢? 难道还要让我在雪地上画出来?

潮音是怎样的人呢?

不好意思，我该回家了。

到底是在哪里认识的呢？

请不要无视我。

我想问问那边的我。

我不能太晚回家。我要走了。

我的幸福在何方？

接下来请你自己努力吧。

我站起来舒展身体，写字时得一直蹲着，我腿脚都麻了。周围雪地上全被文字覆盖，我拿出相机拍照留念。

我带你回去。

近藤先生终于想起搭理我了。虽然我没说我不知道这里在小镇哪个方向，但他似乎看出我对文善寺町不熟。外婆家在小学附近，找到那里应该就能回去了。

小学在哪里？

跟我来。

　　昏暗阴沉的天空下，我们移动着步伐。我看不到他，只能看到他的鞋印不紧不慢，以固定的节奏前进。我跟在后面。他多大年纪？是怎样的人？他对文善寺町很熟悉，肯定在这里住了好几年。他的老家会不会在其他地方？如果是这里土生土长的，应该与家人同住，而不是在外租房吧。既然他已婚，证明他肯定满十八岁了。对了，他曾经问我公寓前有没有雪人，说明他在那边的文善寺町堆过雪人。没想到男人过了十八岁还会堆雪人，想到这里我忍俊不禁。

　　嘎吱……
　　嘎吱……
　　嘎吱……
　　嘎吱……
　　嘎吱……
　　嘎吱……
　　嘎吱……
　　嘎吱……

雪花纷飞，视野中一切景物的轮廓都变得模糊不清，让人不知身处现实，还是梦境。如果闭上眼睛，也许能感受到前方不远处他的背影。说起来，我基本没看过男人的背影，这是因为我成长在父亲缺失的单亲家庭吧。

文善寺町是母亲的老家，她在这里出生长大。我来过几次，但不太认得路。每次都是妈妈开车，我坐在副驾驶席，从未单独前往其他地方。我在这座小镇的生活会顺利吗？一周后，第三学期开学时，我将转入这里的高中。但是，我无法想象那样的自己。

望着静谧的雪景，我渐渐回忆起母亲的音容笑貌，悲痛仿佛带着物质的重量贯穿胸口，心痛到呼吸困难，连身体都站不直了。

我记得母亲的每个小习惯。我从小就一直注视着妈妈的一举一动，所以这也是理所当然的。比如，妈妈烦恼时，就会把电视转到NHK，并调成静音。猜拳时，先出剪刀的概率很高。是我杀死妈妈的，和我亲自动手没什么两样。然而，没人责备我，既然如此，我唯有自责。

住宅区之间的杂木林中有小河穿过，河上的桥比其他地方阴暗。河边生长着茂密的高大树木，光秃秃的树枝向四面伸展。空气异常寒冷，皮肤像被针扎一样刺痛。我和近藤先生的鞋印走上那座覆盖着白雪的老桥。我认得这个地方，这是妈妈开车带我去外婆家时会经过的桥。突然，近藤先生在桥中间停下。

我一边走一边想。

他在桥上写。
我立刻回应。

想什么？

我们以外的人也能看到鞋印吗？

到目前为止，我只和近藤先生交谈过，如果遇到第三人会怎么样呢？我走在街上，基本没碰到别人，所以一直没机会确认。

如果别人能看到，一定会闹出乱子吧？

或许大家只是没发现而已。

只有我们两人碰巧发现了？

超市那边有车子的轮胎痕迹吗？

什么？

停车场有没有车子开过的痕迹？

我拿出数码相机，今天我照过好几张照片。我在屏幕上查看，停车场的照片只有一张，是我随手拍下的。仔细一看，我终于明白近藤先生为什么这么问了。停车场的雪地上有轮胎痕迹，可是前方没有车子。有通向超市的鞋印，但好像是凭空冒出来的。而我在经过停车场时，压根没注意到这些奇怪现象。

有轮胎痕迹。

那就对了。

什么对了？

其他人都和我们一样看得见。

大家都能？

换句话说，这个现象并非我与近藤先生独享。文善寺町下的雪是特别的，并不是因为我和近藤先生波长一致，才发生这样的奇迹。另一个世界有人开车，这个世界会留下轮胎痕迹。这个世界有人走路，鞋印也会出现在那边。然而，却没人发现这个奇妙现象，引起骚动。或许是外出的人极少，所以大家才没注意到平行世界的墙壁变薄了。

还是说，因为我们俩都在寻找什么人？

近藤先生在雪地上写字。虽然不清楚他这个新年是怎么过的，但我依然心有戚戚地点了点头。当然，他看不到我的动作。

除了外公外婆，我在这里举目无亲，心里惶恐不安。或许，我下意识里想在纯白的雪地中寻找什么人，所以才会找到近藤先生。

可能吧。

我回应。

过了桥，进入一片老旧的住宅区。当我看到小学时，心中涌起寂寞之情。我们在紧闭的校门前停下脚步，分别的时刻到了。

到这里就可以了。

渡边穗香小姐，再见。

再见。有机会我们再聊。

我迈步前进。雪地上除了我和他的鞋印，还有其他人的足迹，不过，我不清楚是这边的人留下的，还是那边的人留下的。近藤先生的鞋印停在小学前，脚尖朝向我。在他的目送下，我拐弯走向外婆家。

出门前，我说会在午饭前回去，但到家时已经下午两点多了，外公外婆非常担心。我钻进被炉，向外公外婆打过招呼后才打开电视。我依然不能把这里当作自己家，有种缚手缚脚的感觉，连开电视也要事先征求同意。电视里在播放天气预报，明天，也就是一月三日，就会放晴，而且中午过后积雪就会全部融化，一切恢复正常。

* * *

我站在小学前，望着她的鞋印渐渐远去。她家似乎就在附近，我没看到公寓楼之类的建筑物。周围全是被古老篱笆围绕，带有宽敞庭院的独栋住宅。我用手机录下她的鞋印拐弯之后消失不见的情景。

话说回来，我很在意那个"潮音"。她究竟是怎样的人？处于那个世界"现在"的我是在哪里认识她的？说不定，在无数的"现在"中，现下正在思考的我，人生特别不顺。也许是一连串的选择错误造成了现在这个自己。所以，此刻我会一个人蹲在雪地里，用手机录像。如果潮音陪在我身边的话，我肯定不会在外面干这种事，两个人窝在温暖的房间里玩行军棋多好啊。嫉妒渐渐涌上心头，可恶的我！都是近藤裕喜，给我争气点儿！唉，如此寂寞的人生有何意义呢！

"请问……"

突然有人跟我打招呼。不知何时，一个行人出现在我身后。你在这里干什么？我要叫警察了！——对方马上要这么说了吧？！头脑中充满被害妄想的我吓得魂不附体。然而，那个人只是严肃地凝视着雪地上的文字。

* * *

一月三日早上，我一觉醒来，在被窝里回忆昨天发生的一切。我拿过旁边的数码相机，看着屏幕上的照片。那不是梦，而是实际发生的事。

我起身开窗，寒气扑面而来，让人精神为之一振。我深深吸气，再缓缓吐出。庭院中仍有积雪，天空晴朗，这是新年的第一个晴天。天气预报说，中午过后雪就会融化，那么，与平行世界之间的连结也会永远消失。我不禁想起那个世界的近藤先生。

我边吃早饭边与外公外婆闲聊，比如邻居家某人报考了某个高中之类的。接着，外公外婆提到了去年发生在文善寺町的案子。几个月前，河边的废弃房屋里有人被杀，凶手也在那里自焚身亡。这个案子似乎全国都有报道，但是我却几乎毫无印象，因为母亲正好在那一时期意外身亡。

外婆问我今天有何安排，我说还想出门转转。于是，外公拿出文善寺町的地图让我带上。昨天回家晚了，我解释说因为不熟悉环境，所以迷路了。

我穿好衣服，走出大门。灿烂的阳光下，积雪闪耀着银色的光芒，周围景致与昨日大不相同，好像一切都在闪光，十分眩目。我边走，边揉捏着兜里的暖宝宝。天气虽然晴朗，但清晨依然寒气逼人，我简直快冻僵了。

我拿出地图，追寻着昨日的记忆，一路找到近藤先生的公寓。如果积雪融化，就不能与那个文善寺町的近藤先生交流了。我想趁着还有积雪，再与他见一次面。

还是说，因为我们俩都在寻找什么人？

我想起他写过的话。虽然只聊了几个小时，但分别时却有些难过。但是，我来到公寓前，却没有看到近藤先生的鞋印。大家熟睡时，文善寺町又下雪了。我们留下的鞋印和文字都被新的积雪覆盖，公寓周围的雪地焕然一新。虽然有一对快要消失的鞋印，但显然不是近藤先生的。那对鞋印很纤细，或许是女人留下的。如果那个世界的近藤先生外出，他的鞋印应该会在这里出现。我决定坐在楼梯旁等他。

咦？我突然发现集合式信箱上掉落着一张贺年卡。在好奇心的驱使下，我捡起贺年卡查看，那是寄到205室的，收件人写着"近藤裕喜·潮音"。不会是我昨天打开信箱时不小心碰掉的吧？我向信箱里窥看，昨天放在里面的贺年卡全都不见了。我的心脏怦怦直跳，贺年卡被收走，表示两人可能已经回家了，也许是收贺年卡时掉了一张。

我走上楼梯，前往205室，打算以"捡到贺年卡"为名上门拜访，这样就不会显得不自然了。我紧张地按下门铃，等了几秒，无人回应。和昨天一样，门内悄无声息。

我站在门前，阅读贺年卡上的文字。寄件人是一位名叫"岛中千夜理"的女性。她用五颜六色的签字笔写下了新年祝福。

潮音学姐！

结婚了也要来参加职场的酒会哦！
学姐不来，酒会就不像酒会了！

过年期间，我要在家打游戏打到爽！

今年的目标是还清借款！

岛中千夜理

写贺年卡的人似乎与潮音在一个地方工作。我灵机一动，用相机拍下贺年卡的正面和反面，然后轻轻地将贺年卡塞进门上的送报口。贺年卡上有寄件人岛中小姐的地址，我打开外公给我的地图，发现她家在步行可到的范围内。

把潮音的信息告诉另一个世界单身的近藤先生吧。他似乎对这位接纳自己的神秘女性很有兴趣，但是除了名字，却对她一无所知。潮音有可能是他命中注定的另一半，如果两人永远不能相遇，那也太可怜了。搞不好，近藤先生要一辈子打光棍了。我几乎不认识近藤先生，但却一厢情愿地为他操心起终身大事来。我要不要多收集一些关于潮音的情况，向他汇报呢？会不会太多管闲事了？不过，反正我也很闲。

我离开公寓，前往岛中家。穿过白雪覆盖的住宅区，爬上小丘，整个地区尽收眼底。极目眺望，到处依旧一片雪白。视野的尽头，可以隐约看到第三学期我将要转入的高中。贺年卡上写着岛中小姐的公寓名称与房间号。既然提到酒会，那就证明她很可能超过二十岁了。但是从那奔放活泼的行文风格上看，她年纪也不会太大。重要的是，她和潮音是同事，换句话说，只要查出她的工作地点，就能知道潮音任职的地方。她写到过年要在家打游戏，说明她十有八九不会出门。我打算假扮勤工俭学的市政府调查员，找她做问卷调查，顺便打听她的工作。"还清借款"这句话让我有些在意，不过，现在没空管这个。

翻过小丘，开始下坡。一只猫从眼前跑过，雪地上留下小小的脚印。昨天在外面连只猫都没见到，小镇安静得仿佛一切生物都屏住了呼吸。然而，今天竖起耳朵，却听到各种声音。别人家里传出的孩子哭闹声，鸟鸣声，积雪从枝头掉落的声音……这些全是昨天听不到的。我预感到，随着积雪融化，小镇很快就要恢复从前的样子了，所以必须赶快行动。

可是，过程并不顺利。我途中迷路了。外公给的地图太旧，很多道路都没有记载，搞得我晕头转向，连自己身在何处都不清楚。我收起地图，凭直觉在积雪的道路上前进。拐过弯道，文善寺町的各种风景渐渐展现，我有一种感觉，这里是有故事的地方。

我看见一个挺着将军肚，身材像气球的警察，走进便利店。

商店街的百叶门上画着黄色的王冠。

一名女子坐在车站的长椅上，读着一本厚厚的书。她戴着帽子和手套，穿得很严实，但奇怪的是，她的肩膀和头顶都是积雪。早上睡醒时，雪已经停了。虽然是同一个小镇，但是这里直到刚才都在下雪吗？不，天空晴朗，不见一丝可能带来降雪的乌云。突然，她放在长椅上的提包倒了，里面的钱包、零钱袋，以及几本像砖头一样厚的书一股脑地掉了出来。沉迷于书本的她似乎并未察觉，我忍不住出声提醒。

"啊，糟糕！"

她起身捡起掉落的物品。收拾完，她松了口气，从包里取出一张宣传单，递给我。

"方便的话，请收下。"

宣传单上写着"图书馆简讯"，刊登了图书馆员推荐图书的书评、当月活动、年末年初开馆时间等资讯。

"这座小镇有图书馆啊。"

"因为这里是'编织故事的小镇'嘛。"

"什么？"

"这是文善寺町的宣传语。"

那人温柔地微笑。但仔细一看，就会发现她的嘴唇冻得发紫，得赶快让身体暖和起来才行。她在这里呆了很久吗？

"……巴士一直没来？"

她回望站牌，摇摇头。

"不，我没有等巴士。你看，车站旁有路灯和长椅，我坐在这里休息看书。从昨天开始一直到现在。"

"从昨天开始？"

"我带回老家的书全看完了，深夜我回到自己的公寓取书，取完书回老家的路上想在车站休息一下。"

“然后就一直看书看到现在？”

“不知不觉看入迷了。”

“你会冻死的。”

“所以，我家里人也常说，冬天最好不要在外面看书。”

我不知道她的话有几分真几分假，不过，如果她说的是事实，就不难解释她肩膀和头顶的积雪了，因为她从昨夜还下雪时就呆在这里。虽然有些摸不着头脑，但我还是收下“图书馆简讯”，行礼离开。

人生不过是一个行走的影子。我在小镇四处奔走，脑海中突然浮现出昨天近藤先生写下的这句话。结果，我没有找到岛中小姐的住处，潮音的事也毫无进展。太阳越升越高，屋檐、电线、树叶上的积雪融化，各处传来水滴落下的声音。我还听到狗叫声，以及车辆通行的声音。种种迹象都表明文善寺町正逐渐恢复常态。路过公园时，我看见了熟悉的鞋印，那是近藤先生的鞋印。

4

他的鞋印从公园入口笔直延伸至长椅。长椅旁是终点，没有继续行走的痕迹。与一月一日初次发现他鞋印时的状况相同，但也有不一样的地方。公园里有孩子在玩耍，欢笑声清晰可闻。

"好奇怪，这是什么啊?"一个孩子指着地面大喊，似乎发现了雪地上的异样。另一边的文善寺町也有孩子在玩耍，他们的鞋印在这边的地上不断冒出来。可是，其他孩子却全然没有注意，只是专注于眼前的游戏。

我跟着近藤先生的鞋印走向长椅，椅子上的积雪被拨开一片，他应该坐在那里。我松了口气，因为我之前一直担心不能赶在雪全部融化前与他重逢。我刚想在他旁边坐下，他的鞋印忽然动了。近藤先生似乎察觉到我的鞋印接近，于是站起来。雪地上出现指尖大小的凹洞，接着形成文字，字迹非常潦草，对方好像很着急的样子。

是穗香小姐吗?

我是。

我在找你。

谢谢。

用手指写字时，雪的触感与昨天大不相同，积雪不再松软，而是几乎变成了沙冰状。我想把现在所知道的情况都告诉他，还想告诉他虽然我努力过，但还是没能查到潮音的信息。可是，没等我动手，近藤先生的文字就冒出来，写得很急。

你猜拳赢了？

看到这行字，我浑身僵硬，心脏几乎停跳。为什么他会知道这件事？他继续写道：

昨天，我遇到你妈妈了。

* * *

天气预报说，中午过后积雪就会融化。我们能够及时重逢真是太好了。看到雪地上熟悉的鞋印，我如释重负。此时，在另一侧的文善寺町，她是什么表情？她的鞋印在我写下的文字前一动不动。

渡边穗香。

十六岁的高一女生。

昨天，我遇到了她的母亲。

目送她离开小学后，我用手机给雪地上的文字录像。不知何时，一名女子悄然站在我身后，她严肃地盯着地上的字迹。

到这里就可以了。

渡边穗香小姐，再见。

再见。有机会我们再聊。

那名女子大约四十岁左右，身穿黑色大衣。她打扮十分随意，像是在附近散步，路过此处。她身姿优雅，头发束在脑后，露出修长的脖颈，像一位芭蕾舞老师。

"穗香……"

她喃喃自语，似乎已经叫惯这个名字。她是"渡边穗香"的亲人或朋友吗？她疑惑地望着我，为拍摄雪地，我还半蹲着，于是急忙起身解释：

"嗯，那个……她好像不知道怎么回家，所以我把她带到这里……"

"把谁带到这里？"

她紧皱眉头，与其说在质问我，倒更像是在强忍悲痛。我望着雪地上的对话，那里写着"渡边穗香"这个名字。她身躯颤抖，仿佛站立不稳。

"穗香迷路了？"

我不知如何回答。迷路的是平行世界的"渡边穗香"。如果问这个文善寺町的"渡边穗香"，她肯定会说自己根本没迷路，而且也不认识我。那样我就惨了。在事态变得复杂之前，还是走为上策。

"那个，我先走了……"

我低头行礼，准备离开。

"请等一下！"

她急切的语气让我忍不住停步。她弯腰触摸雪地上的文字。当她注意到旁边的鞋印时，立刻一脸惊讶。

"你见到穗香了吧？"

我无法肯定，也无法否定。要说明那究竟算不算"见到"，实在很困难。看到我迟疑的样子，她说：

"我是穗香的母亲。"

"哦，是这样啊。"

我隐约有这种感觉。但是她下一句话却完全超出我的想象。

"可是，那孩子三个月前去世了。"

她说如果时间允许，希望我告诉她详情，并邀请我去她家。渡边穗香的鞋印在雪地点点延伸，直至家门前。平行世界的她似乎已经平安返家了。而这边，渡边穗香的母亲僵直地站在雪地里，凝望着那道鞋印，好像只要轻轻一推，她就会跪倒痛哭。我所在的世界里，渡边穗香这名少女已经火葬，肉体也已消失。然而雪地上却残留着她大步行走的痕迹。我很难想象她的母亲目睹此情此景会做何感想。

古老的独栋住宅里，还住着渡边穗香的外公外婆，这里似乎是她母亲的娘家。装饰讲究的佛坛上摆着穗香的照片，我这才知道她的长相。照片中，她身穿高中校服，做出胜利的手势。我一边喝茶，一边毫不保留地坦诚说出和穗香相识的经过，以及关于平行世界的一切。讲述的过程中，我好几次觉得实在太过荒谬，想要放弃。这种毫无现实感的事件根本不会有人相信。我原本还打算讲给朋友听，真不知自己是怎么想的！青天白日发生这种离奇事件，怎么会有人相信！即使我拿出手机拍摄的录像给他们看，穗香的外公外婆依然满腹狐疑。白天的事究竟是不是真的，连我都快丧失自信了。

渡边穗香的母亲阻止她父母把我赶走，然后不知从什么地方搬出一个纸箱。纸箱用胶带封着，她让父母确认箱子不曾被拆开过。如果被拆开，纸箱上会留下胶带撕开的痕迹。

"这是那孩子的遗物。"

渡边穗香的母亲打开纸箱，拿出一双运动鞋，然后出门把鞋底印在雪地上。那鞋印与录像中渡边穗香的鞋印一模一样。虽然穗香的外公外婆依然认为我是骗子，但她母亲好像相信我了。

我妈妈应该已经去世了。

渡边穗香的鞋印终于动了。公园的雪地上出现她的字迹。远处，有的孩子在游乐器材上玩耍，有的孩子则抓起开始融化的雪打雪仗。

原来如此。在你的世界是这样啊。

在我的世界？

在这边的世界，死去的是你。

我从她母亲那里听说了三个月前发生的事。那天，母女俩猜拳决定谁出门购物。母亲出剪刀，渡边穗香出布。穗香离家十分钟后，远方传来救护车的警笛声。据说司机边开车边换 CD，所以没掌握好方向盘。

就像把吸管插入肥皂水中吹气，会产生无数泡泡，宇宙如果在每一次选择时分岔、增幅、膨胀……那么，就应该存在司机没听音乐，没有引发车祸的世界，也应该存在母女都没遭遇事故的世界。比如母女猜拳时一直平手，耽误了出门，因此逃过一劫。或者，也可能存在母女一起出门，同时遭遇车祸，却只受轻伤的世界，以及存在母女一起出门，同时遭遇车祸，两人皆重伤，终生残废的世界。

我猜拳赢了妈妈。

在她的世界，出门购物的是母亲。母亲遭遇车祸身亡，留下了渡边穗香。我没时间打听更多细节，周围的树木和游乐器材上不停落下水滴，太阳越升越高。只有今天，我特别痛恨晴天。我匆匆在雪地上写字。

我带你去。跟我来。

去哪里？

去找你妈妈。

没时间等她回应，我拔腿就走。她的鞋印略显迟疑地跟在后头。踏在变硬的雪地上，发出勺子插入沙冰般的声音。我拿出手机，给她母亲打电话。

"喂，您现在在什么地方？"

我问对方。直到一小时前，我们都在追踪渡边穗香留在她家附近以及我公寓前的鞋印。可是，进入拱廊商店街后，由于没有积雪，也找不到鞋印了。没办法，我们只好分头在文善寺町四处走动，寻找渡边穗香的鞋印。尽管无法见面，但这是通过雪地与女儿交谈的最后机会。如果错过这次奇迹，母女俩便永远无法对话了。现在，渡边穗香的母亲在自家附近，大概是赌女儿会回家吧。

"我知道了。那么就在中间地点会合吧。"

来不及赶到渡边穗香家了，要在雪融化前让母女俩相会，最好在中间地点会合。我在脑中展开地图，思索合适的地点。

"就在桥上吧。"

就是昨天和渡边穗香一起走过的那座桥。住宅区之间有一片杂木林，桥就建在流经树林的小河上。由于周围的树木遮蔽了阳光，那里有些阴暗，但空气也更加寒冷，积雪应该融化得比较慢。

我们离开公园，前往那座桥。渡边穗香的鞋印跟在我的斜后方。我松了口气，本来我还担心她会觉得我多管闲事，不愿跟我来。其实，我与她们母女毫无关系，没理由做到这种地步。可是，如果这次不能让天人永隔的母女重逢，我肯定会后悔一辈子的。我决定牵线搭桥，把她带到母亲身边。我要不要停下告诉她目的地呢？不，只要她跟我走就行了，现在时间紧迫。但没过多久，我就为自己的决定后悔不已。

* * *

积雪覆盖的马路上突然冒出两道平行直线。转弯时，原本重叠在一起的另外两条线在雪地上出现。这些似乎是车轮的痕迹。看不到车体，只能看到车轮印。

我所在的文善寺町，车子则慢一步从反方向缓缓驶来，就要从我身边徐徐经过时，走在斜前方的近藤先生的鞋印一下子跳到车的前方。

"危险！"

我下意识地大喊。近藤先生的鞋印被车轮辗过。可是，车开过后，就像什么事都没发生过一样，雪地上继续冒出一个又一个鞋印，他走到了马路对面。对啊，实际上有车经过的是这边的文善寺町，他那边只有雪地上冒出的车轮印。

我放下心来，然后不禁又想起在车祸中过世的妈妈。妈妈出门时，我对着她的背影说："路上小心"，她回应："我走了。"这是我们最后的对话。因为司机边开车边换 CD，结果酿成大祸，妈妈再也没有回来。我知道妈妈会出剪刀。猜拳时，妈妈十有八九都会先出剪刀。我当时也想过故意输给妈妈，帮她出门购物，但最后还是以自己的时间为重，所以我决心要赢，这样就可以让妈妈去购物了。妈妈会死都是我的错，和我亲自下手没两样。

我带你去。跟我来。

去哪里？

去找你妈妈。

近藤先生说在那边的文善寺町，妈妈还活着。他没理由骗我。他还知道猜拳的事，那么，妈妈是不是还把车祸的详情告诉他了？应该已不在人世的妈妈还活着，想到这里，我鼻子一酸，泪水模糊了视线。

沙啦……

踏上雪地时，会发出这种粗粝的摩擦声。我屏住呼吸，努力不让眼泪掉下，跟在近藤先生鞋印的稍后方向前走。走路时，我和他无法交流，只能默默前进。碧空下，覆盖小镇的白雪渐渐化成水滴，消失无踪。绿色的常青树、黑色的柏油路、红色的邮筒，都露出原本的面貌。我听到融化的雪水流入排水沟的声音。

我追着鞋印来到转弯处。一个男人突然冲出来，我躲闪不及，和他撞个满怀，跌在泥泞的地上，手和膝盖都弄脏了。

"对不起。"

男人把我扶起来，看到我衣服脏了，便要拿出手帕。

"啊，我没事！该说对不起的是我！"

近藤先生似乎没注意到我跌倒，步幅和速度都没改变，一个劲地往前走。他听不到这边的声音，这也是没办法的事。我向男人低头行礼，想赶快追上近藤先生的鞋印，没想到这时又有一群小孩儿从我面前经过，拦住我的去路。前天和昨天经过这条路时，一个人都没碰到，所有生物仿佛都进入冬眠，非常安静。但是，今天积雪开始融化，人们逐渐恢复正常活动，路上也随之热闹起来。孩子走过后，地上留下无数鞋印，掩盖了近藤先生的足迹。我凑近地面，观察雪地表面的凹凸纹理。积雪不像昨天那样纯白无瑕，不仅有汽车和自行车经过的痕迹，还有大批行人踩踏的痕迹。污泥混进白雪，斑驳不堪。

我在不远处发现近藤先生的鞋印，地上残留着他留下的点点痕迹。他应该没走多远，很快就能追上他。积雪融化，有些鞋印很难辨识。汽车和行人来来往往，掩盖了他的鞋印。铲雪的居民用铁锹把他的鞋印和雪一同铲起，扔到路边。即使如此，直到中途我还是能分辨出他的足迹。我心急如焚，越走越快，不断撞到路人，不断道歉。刚才跌倒时，手掌擦破了，渗出血来。衣服也沾满泥水。这边的文善寺町积雪被踩踏的同时，那边文善寺町的积雪也被踩踏。雪地上的鞋印和车轮印成倍增加。近藤先生的鞋印被众多行人踩过，终于变得无法辨认。

"近藤先生，等一下！"

我忍不住大喊。

"你在哪里？"

几个路人回头看我。

"我该去哪里啊？！"

＊　＊　＊

我回到最后看到渡边穗香鞋印的地方，却没有发现类似的鞋印。文善寺町急速恢复平日的风貌，来来往往的行人一个个都冻得缩着肩膀。我记得昨天这里很冷清，一个人都没有，所以才会选择这条路，然而，今天行人却多到超乎想象，也许正因为如此，我和她走散了。家家户户屋檐上的积雪都开始融化，沿排水管流下。枯枝上挂着透明的水滴，闪闪发光。

"穗香小姐！"

我呼喊她的名字，并蹲下寻找眼熟的运动鞋鞋印。混杂着泥土的积雪被踩得凹凸不平。马路中央一带几乎已经看不到积雪了，我完全找不到属于她的任何痕迹。早知如此，我就应该挤出时间告诉她目的地，这样的话，即使走散也可以在桥上会合。

"穗香小姐！你在哪里？"

几个行人回头看我。我在附近徘徊，寻找她的鞋印。看看表，已经快中午了。这样下去不行，得想别的办法。我环顾四周，看到围墙边和建筑物的阴影处还残留着积雪，行人不会经过的狭小缝隙里也有一些积雪。

* * *

车子辗过路边的水坑，泥水四溅，把周围的积雪染成褐色。擦伤的手疼得几乎麻痹，我找不到近藤先生的鞋印，只能在原地徘徊。飞机划过晴朗的天空。他说要带我去妈妈身边，会不会是往我家走？如果真是这样，他应该不会写"我带你去"，而会写"回你家"吧？我拿出今早外公给我的地图，虽然老旧，但现在只能靠这个了。我在地图上确认此地的大致方位，发现离外婆家相当远，说不定还没走到雪就化光了。他会不会打算在其他地方和妈妈会合？是不是想把我带到那个地方去？如果我是他，会怎么做呢？会选哪里与妈妈会合呢？

"近藤先生！"

我边走边呼喊，一不小心踩进水洼，鞋袜全湿透了，脚尖冷得像结冰了似的。从清早开始就一直四处奔波，现在疲劳感排山倒海般袭来，我只想原地坐下。

"近藤先生！你在哪里！"

我差点儿撞上遛狗的行人。狗朝我狂吠，好像在责怪我。我好想哭。

"近藤先生！你怎么回事！"

就在我快泄气的时候，我瞥到那个——

建筑物的背阴处有一片齐膝高的树篱，上面积着白雪，像盖了一条棉被似的。由于阳光照不到，积雪尚未融化，而且积雪在树篱上，也没有杂乱的鞋印。那上面写着文字。

桥上。

那是近藤先生的字迹，绝对没错。我重新在周围细细寻找，公寓大门旁、住宅之间的缝隙，人迹罕至的背阴处，不放过任何还残留着白色积雪的角落。在那些平素谁也不会留意的地方留有写给我的讯息。

昨天经过的桥。

我不断发现新讯息。巴掌大小的积雪上也写着文字。

在桥上等你。

为方便我发现，近藤先生尽可能留下很多讯息。

一起经过的桥上。

*　　*　　*

阳光普照之处，积雪已完全融化，昨天银装素裹的风景再也无处可寻。我不禁怀疑昨天发生的事只是一场梦。我走向住宅区之间的杂木林，道路两侧的树木只剩下光秃秃的枯枝，显得阴沉萧瑟，让人觉得仿佛误入尤特里罗 ① 的画作之中。

步入树林深处，空气更加冷冽，树根处的积雪也更多。昨天与渡边穗香一起走过的桥出现在前方，桥上仍有积雪，我终于放下心来。虽然树叶落尽，但周围的树木多少遮挡了一些阳光。凄凉的严冬风景中，一名黑衣女子静静伫立。

渡边穗香的母亲在小河对岸等我们，她嘴里呼出白色，似乎

---

① 尤特里罗（Maurice Utrillo，1883—1955）：20世纪法国画坛最杰出的天才画家之一，作品多以风景画为主。

不胜寒冷。我走过去告诉我与渡边穗香不小心走散的事，并再三道歉。我们无计可施，只能等待渡边穗香发现我的讯息，来到这里。

大概是因为积雪融化，小河的水量比昨天有所增加，河面漂浮着许多落叶。桥上的雪只比其他地方多一点，保存得也不够好，有好几处车子驶过的印记。我们始终站在原地，没有四处徘徊。走动越多，雪地上的鞋印就越多。我希望尽可能留下更多未经染指的雪地让她们母女沟通。

"对不起，给你添了这么多麻烦。"

渡边穗香的母亲望着凋零的风景开口向我道歉。

"不，如果我再考虑周到一点，现在你们已经……"

"但是，如果你没找到那孩子，我们就连重逢的机会都没有了。"

我一阵心虚。其实，我只是一个人过年，空虚寂寞，想出门找点儿事做罢了。看到渡边穗香的母亲双眼红肿，我担心地问：

"您不要紧吧？"

"我想起以前的事，那孩子第一次学走路时……"

"那时还是小婴儿吧。"

她呼出一口气，鼻子周围都冻得通红。

"我张开手，等着她摇摇晃晃地走过来。我强忍着伸手扶她的冲动，一直等着。那孩子摔倒了，也会笑嘻嘻地爬起来。我永远记得她的笑脸。就算我不在，她依然好好地走着。近藤先生，听了你的话，我总算放心了。"

我的视线追随着流向下游的河水。当我蹒跚学步时，也是这样的吗？我是不是也曾练习着走向母亲张开的手臂？人生最初的目的地是母亲的怀抱，然而不知不觉间，我背井离乡，独自来到远方生活。我们看不到人生之路通往何方，就像不得不走夜路，却没有手电一样。哪怕有一丝光能照亮前程也好啊。

太阳爬得更高，杂木林已经无法遮挡明晃晃的阳光了。我盯着手表的指针，桥上的积雪也会很快融化吧。

"我去找她。"

我刚要迈步，突然听到细微的声响，那是犹如踩过沙冰般的脚步声。我们回望对岸，残留在桥墩处的积雪浮现出鞋印，一步一步，逐渐向我们靠近。

母女即将重逢，看着眼前的情景，我觉得昨天的想法是错误的。无数个"现在"中，数我目前的人生最不顺。一连串的选择错误造就了现下这个自己，我的人生毫无意义。不过，如果我和女友幸福地窝在房里，还能发现渡边穗香的鞋印吗？我们一定不会察觉到彼此吧。她可能不会被任何人发现，只能一直在积雪的小镇迷失徘徊。不会有人带她去寻找思念之人吧。所以，即使我孤身一人，也是有意义的人生啊。

沙啦、沙啦……我侧耳倾听在即将融化的积雪上行走的脚步声。

5

一月四日早上，我拉开窗帘，眼前是恢复原状的文善寺町。我站在窗边打哈欠，和经过外面的公寓管理员四目相接，彼此打招呼。

"近藤君，你好啊。"

"管理员先生，早上好。"

"今天真暖和啊。"

"跟昨天完全不一样。"

"前几天太冷了，我从元旦那天就没出过门。"

管理员笑着说。中午时分，我出门前往便利店，遇见隔壁的泽田小姐。泽田小姐二十多岁，她背着大号旅行包，正把钥匙插进锁孔。

"近藤君，你好。"

"你好，泽田小姐。你刚从老家回来吗？"

"是啊。你呢？没回老家吗？"

"没回，我一直留在这里。"

和她道别后，我下楼走到外面。小吉和雪子昨天就融化了，没留下一点痕迹。我在公寓前遇到藤森父子，藤森先生把两岁的儿子广也放在五颜六色的玩具车上，推着他玩。

　　"近藤君，新年好。"

　　"藤森先生，新年好。小广也，你好吗？"

　　两岁的孩子举起小拳头，活泼的样子惹人喜爱。

　　"这边好像下了很大的雪。"

　　"积雪到昨天下午才化完。"

　　"真想看雪景啊。我年底就回老家去了。"

　　前往便利店的途中，我与很多行人擦肩而过。聚集在自动贩卖机前的初中生、遛狗的家庭主妇、慢跑的青年、缓缓踱步的老年人，都是熟悉的面孔。文善寺町已回到日常的节奏。

　　过年和女友进行新年开笔的朋友打来电话。

　　"近藤，你还记得我们的约定吧？"

　　手机里传来志在必得的声音。

　　"你是说年后聚会，看谁的新年过得更有意义这件事吗？"

　　"没错。"

　　"那就不用费事了。"

　　"为什么？"

　　"胜负已定。我认输。"

　　电话那头传来嘲笑声。

"所以，你整个新年假期都在跟雪人说话，没干别的，是吧？"

"也不是，其实也发生了很多事。不过，愿赌服输。我之前对你口吐狂言，但到头来我发现自己才是最该批判的一个。你还记得我说过什么吧？我说像你这种成天和女友卿卿我我的人，只会被平庸的世界观洗脑。"

"你还说我新年开笔写'爱'字是不知羞耻！"

"哦，那个说的没错。去死吧。不过，我要为其他轻率的发言向你道歉，我深深反省过了。所以算我输了。"

"你好像突然成熟了。发生什么事了吗？"

"我想了想自己与女生交往的可能性，对那个世界似乎也有了粗浅的认识。我意识到如果我有女友可能也会变得像你一样时，我就发现其实我并不真正了解自己。接着，我对那个和女生交往的自己，产生一种羡慕之情。明明对你说得那么恶毒，却在心底希望自己能像你一样。我被迫认清这个道理，所以如今我也不会再批判你了。"

"不再批判我？刚才你还叫我去死……"

"新年开笔写一堆'爱'的人难道不是傻瓜吗？去死吧！不过，这个姑且不论，总之我意识到自己在嫉妒你。孤身一人建构独立的世界观也是胡说八道。就像你说的，这只是负犬的挣扎而已。所以我认输了。整个新年期间，我终于认清了这件事。"

"哼，原来如此。不过这场赌局看来还是你赢了。"

"什么？"

"现在的你已经不是我以前认识的那个你了。你的新年过得很有意义。"

朋友大笑着挂断电话。我耸耸肩，赌局到头来以闹剧收场。不过，不是一直都这样嘛。

突然，我想起一件事，我要去图书馆看看。

河堤上，孩子们在放风筝，各色风筝飘荡在冬日的碧空中。走过小桥，穿过住宅区，图书馆便出现在眼前。从元旦到昨天好像一直闭馆。走进大门，开着暖气的室内舒适宜人，在图书馆特有的静谧氛围中，男女老少各个年龄层的读者都在认真阅读。我之所以想起来图书馆，是因为渡边穗香留下的那条讯息。

去图书馆。那里……

她原本还想继续写，但那时雪地上已经无法再留下文字了。"那里"后面的内容我始终不知道。而且，我认为比起给我留讯息，她更应该争分夺秒向母亲传达心声才对。

渡边穗香和母亲通过雪地确认彼此的存在。渡边穗香在雪地按下手印，她母亲也摘下手套，把掌心按在雪地上。她们看不到对方，也无法拥抱，她们对着应该已不在人世的亲人，将心里话写在即将融化的雪地上。积雪一旦融化，便无法再传达讯息。桥上仅剩的积雪排满了文字。

"那孩子会死都是我的错。"

那天上午，渡边穗香的母亲告诉我。

"我总是故意先出剪刀，那孩子好像以为这是我的习惯……我想为这件事向她道歉。那孩子会死都是我的错。猜拳的输赢都是那孩子掌握。她出于自己的意志故意输给我，想帮我出门买东西，结果却遭遇车祸。她等于是我亲手害死的。"

渡边穗香死后，她母亲说不定一直在自责，并想为此忏悔吧。

我不想打扰她们，站在不远处观望，用手机录下很快便会消失的雪地文字。桥上只有我和渡边穗香的母亲，但可以听到第三人踩雪的声音。平行世界的同一地点，确实存在一个少女。

和母亲交流时，渡边穗香好像突然想起了什么，我看到运动鞋印向我走近，然后雪地上出现那句话。

去图书馆。那里……

只留下只言片语，她便返回母亲身边。结果，这成为我和渡边穗香最后的交谈。我不知道她写下这句话是什么意思。

不久，雪地文字逐渐模糊，化为水迹。直到最后一刻，她们母女都呆在彼此身旁。积雪消失，恢复日常的文善寺町再也感受不到渡边穗香的气息了。

两个世界完全独立，恐怕永远不会再次重叠，历经数日的奇迹迎来终结。

"编织故事的小镇",印有文善寺町宣传语的海报贴在图书馆的告示栏上。初次来到图书馆,一切都很新奇。我时而逛到 DVD 视听空间,时而翻翻科技杂志。阳光从窗口射入,我在书架间转来转去,在日本男作家专区发现"山里秀太"的作品。我喜欢这个作家的小说,虽然说不清原因,但是看他写的书总让我回忆起童年时光。这个作家好像才二十多岁,比我还小。我拿起一本他的作品开始阅读。不知何时,一个女图书馆员抱着大量书本走到我身边,好像要将读者归还的图书放回书架。我正好挡住她的去路。

"啊,不好意思。"

我低头行礼,侧身让路。

"没事。不过……"

她看到我手中的书。

"那本书的作者是这个镇上的人哦。"

她仿佛也与有荣焉。

"咦? 真的吗?!"

"说不定会在路上和他擦肩而过呢。"

"他现在也住在这里吗?"

"是的。"

"那他常来图书馆吗?"

"……这个,可能不会吧。"

"为什么?"

"因为他的家人在这里工作……所以会觉得难为情吧……"

她说着,重新调整了抱书的姿势,好像要故意挡住名牌似的。这时,另一个女图书馆员走过来,她的长发束在脑后,看起来非常开朗活泼。她胸前的名牌上写着"岛中"。

"学姐,有个读者要找《枪炮、钢铁与病菌》这本书,我在电脑上查不到。你知道这本书吗?"

"应该是《枪炮、病菌与钢铁》^①吧?在国外非虚构图书专区,我记得在最上排左边,是上下册。"

"我说怎么查不到呢!潮音学姐,谢谢你。"

说完,她便快步离开。

只剩下被叫做潮音学姐的图书馆员,和我。

"潮音小姐。"

我不禁脱口而出。

"啊?"

"……没事。"

缘分果然很奇妙,我无法抑制脸上的笑容。

我在心里默默感谢在另一个世界的少女。

---

① 《枪炮、病菌与钢铁》:作者贾雷德·戴蒙德(Jared Diamond, 1937—),美国演化生物学家、生理学家、生物地理学家以及非虚构类作家。《枪炮、病菌与钢铁》出版于 1997 年,获得 1998 年美国普利策奖和英国科普图书奖。

"请问，你怎么了？"

她纳闷地偏着头，像好奇的孩子一样毫无防备。当然，尽管在那个平行世界，我们是一对，但是不能保证在这边的文善寺町也会发生同样的事。目前，我们还是陌生人。我对她一无所知。可是，谁能断言这不是某种开始呢？我们俩就像没有手电，被迫在夜路上摸索的行人一样，就算稍微走一点捷径，神明也会饶过我们吧。

渡边穗香。

我在心里呼唤。

尽管她听不到，但是我仍然要说。

谢谢。

* * *

学生们穿着对我而言十分陌生的校服，在教学楼走来走去。寒假结束，今天是第三学期开学的第一天，以监护人身份陪我前来的外公，把我领到班主任那里。尽管他很担心，但还是回家了。我和老师相对而坐，聊了几句。接近早上的班会时间，我们起身走向教室。一想到我将要在大家好奇的目光中进行自我介绍，就忍不住心如擂鼓。进入第三学期，班级的人际关系应该已经固定了，我这个外来者能被接纳吗？脚步变得沉重起来，几乎走不动路。我穿着新买的室内鞋，鞋底的橡胶还很新，在楼廊地面摩擦出声。

嘎吱……

嘎吱……

嘎吱……

与走在雪地上的脚步声有几分类似。

我想起妈妈写在雪地上的话。

保重。

妈妈在另一个"现在"里行走。一月三日，我抵达那里时，看见妈妈的鞋印从小桥另一头走过来。妈妈应该也看到我的鞋印从对面接近。我们从小河两岸奔向彼此，在桥中止步。我有好多话想说，急切地在变硬的雪地上写下文字。我们似乎都感觉亏欠对方，不断自责。不过，在互相倾诉心声后，我们终于互相谅解，打开了心结。我们活在各自的世界里，新生活在面前展开。我一步一步，确确实实地向前迈进。

嘎吱……

嘎吱……

嘎吱……

我已经没问题了。

进入教室前，近藤先生的事划过脑海。后来他去图书馆了吗？在桥上时，我想永远保存和妈妈的对话，便取出兜里的相机，结果不小心带出一张纸。我在车站收到的"图书馆简讯"落在地上，朝上的那面正好印着"岛中千夜理"这个名字。馆员荐书的书评是她写的。她是给潮音寄贺年卡，与潮音在同一地方工作的人。难道潮音也是图书馆员？当然，在"图书馆简讯"写书评的"岛中千夜理"与寄贺年卡的人也可能只是碰巧同名同姓而已。

老师打开门，走进教室。在老师的引导下，我迎着大家的视线，走到同学面前。

我仰望天空，期盼下雪。

尤其是伤心的时候，我便会托着腮，在心里如此祈求。

早上醒来打开窗户时，我总会期待外面是一片雪白。

我想象着白色的结晶覆盖大地，我奔向雪地的情景。

可是，即使再下雪，也不会像那几天一样了吧。

不过，每当天气预报说有可能下雪，我心中便会升起淡淡的期望。

文善寺町原本就不是多雪地区。

那几天的大面积积雪更是罕见。

不久，天气转暖，下雪的季节过去了。

某个雨后的黄昏，老师看到我和朋友在教室聊天，便催促我们赶快回家。我们听话地离开教室，走出校门后，我和不同路的朋友道别。从早上就覆盖天空的乌云完全散去，天放晴了。

我沿着河堤往家走，夺目的红色夕阳挂在西边的天空。路上到处都是水洼，骑车的学生陆续从我身旁经过。水洼也染上了与天空一样的色彩。当成群结队的自行车压过水洼时，水面激烈动荡，倒映的晚霞流光溢彩，宛如灿然怒放的花朵。

那天，我在公园前停下脚步，因为无意中看到柏油路上熟悉的鞋印。那个人似乎不小心踩到水洼，在干燥的柏油路上留下点点足迹。我心中涌起一阵怀念。

鞋印向公园笔直延伸，鞋底的水汽渐干，途中鞋印越来越模糊，直至完全消失。但鞋印的确是通向前面长椅的。我进入公园，走向中央的长椅。一个男人坐在那里玩手机，他无名指上戴着戒指。我在他前面不远处停下脚步，目不转睛地盯着他。或许是感受到我的视线，他抬起头。

"嗯？"

"啊，你好。"

我低头行礼。

"哦，你好……"

他困惑地向我回礼。游乐区孩子们的欢笑声响彻天空，那样的景象让我心头蓦然一紧。后来，我又去过近藤先生的公寓，但没有上门拜访，我觉得好像不该那样做。漫长的沉默后，我开口：

"那么，再见……"

我转身，向公园出口走去。

"嗯，请问我们在哪里见过吗？"

背后传来说话声。我停下脚步，闭上眼深呼吸，既觉得好笑，又有些想哭。我回头对他说：

"没见过……但是，只要住在这里，总会遇到的。"

他似乎还想追问，但最终只是点点头。

"哦，这样呀。那也有可能吧。"

"嗯，是啊。"

夕阳下，攀登架和滑梯在地面投射出形状复杂的长长倒影。孩子们的小影子像跳舞般转来转去，宛如妖精手牵手，尽情欢闹。此情此景，让我想起近藤先生写过的一句话。

"人生不过是一个行走的影子。"

我不禁脱口而出。他一脸惊讶地看着我。

"你居然知道这句话！"

"是朋友引用过的。"

"你朋友脑子不正常吧？"

"为什么？"

"说话时引用莎士比亚，真让人受不了……啊，对不起……不该这么说你朋友……"

我摇摇头。引用这话就是你啊！我强忍住指着他鼻子告诉他的冲动。我憋着笑，再次行礼，然后穿过在夕阳下跳舞的小影子，朝公园出口走去。

后　记
——又名"箱庭图书馆"建成记

这本书收录的作品是从集英社文艺网站"RENZABURO"推出的企划"乙一小说再生工厂"中诞生的。该企划的内容是向读者募集未被采用的小说稿件，由我自由改写，重新包装。我这个人灵感很少，所以我对编辑提议："向读者征求灵感吧，有了灵感我就可以写出小说了。"于是，就有了这次企划。只要有核心构想，我就可以把它扩展成一个故事。

《小说家创造法》

本篇改写自黄兔的《蝴蝶与街灯》。原稿中，有些地方让人搞不清是后记还是回忆，稍显混乱。如果参加一般的文学奖，可能连第一关都过不了。但是，故事的场景之间留有很多空白，似乎比较容易改写发挥，作品的"未完成性"反而很吸引我。

我想修改的是主人公的形象。原稿中，他是认真努力的优等生，但是太过优秀，会让人觉得很假。所以，我想如果颠覆这个形象会不会更加有趣。而且，作为本书的第一篇，选择关于小说以及创作动机的题材应该很合适。这次企划就是要征集未被采用的原稿，所以投稿人大多都是立志要成为小说家的吧。因此，我期待这样的标题与内容能够吸引大家的目光。

话说回来，改写后的版本中，主人公的姐姐潮音更加鲜明突出。写这篇时，我完全没料到潮音会成为整本书的关键人物。

我也和主人公秀太一样，希望有朝一日能让过去的同学刮目相看。我就是怀着这样的心情，努力至今的！我想在作品中坦诚地描写自己内心世界的阴暗面。

《便利店日和！》

这篇是从泰的同名作品改写而来的。阅读原稿时，就像在看搞笑短剧似的，非常欢乐。学长与岛中两个角色尤为突出，我很想写这两个人，所以选择了这部作品。人设方面不用改动太多，但故事情节的设定让我很伤脑筋。我想给故事安排一个相对完整的结局，于是就变成了现在的模样，会不会过于刻意了呢？真对不起。后来我在网上看到，现实世界也曾发生过类似的案件，我考虑到也许能为故事增添几分现实色彩，于是便引用到作品中。结局像是补充说明的部分，而真正重要的世界观、出场人物以及人物之间的有趣互动都是原稿中已经存在的。美味棒也是原稿中反复提到的。

话说回来，我把店长设定为坏人，是为了迎合读者的伦理观。我会考虑到这一点，或许是年纪的关系。如果店长是好人，那么他遭遇到这种事，岂不是显得两个主角惹人厌吗？那样会让故事结束在无法释怀的感情中。如果是严肃题材的故事，倒也可以接受，但这篇作品不属于这种类型。所以，我试图尽量抹去苦涩的余味。至于效果如何，我就不得而知了。

《青春绝缘体》

我从伊那蜜的《青春绝缘体》中，感受到作者的热情。角色的言行和心理活动让我很有共鸣。学姐和自己一样是可怜虫的设定非常棒。读故事时，会让人不禁觉得"哇，这个角色真惨"，实在很厉害。主人公与学姐的互动也让人捧腹。我很喜欢看故事里人物以恶毒的语言互相攻击，但是我语言贫乏，不太写得出来。

原作中，雨季子学姐和铃木同学这两个女性角色出现的场景比较细碎凌乱，不够集中。因此，我把两人出现的情节分别归纳在一起。整体上，以人物为中心重新安排了情节发展。

故事中有"少年被狠狠侵犯"这种台词，这可不是我写的哦。我会尽量保留原作的文字。话说回来，我曾经很犹豫故事的高潮部分该怎么写，最后还是决定将原作当成作中作使用。不知成品效果如何，但我写得很愉快。只要把原作复制粘贴一下，字数就大大增加，托这个企划的福，我才能这么干。不过，对于这个企划毫无了解的人读完作品，大概会被狂飙突进的情节发展惊得目瞪口呆吧。

《奇境》

原作是冈谷的《钥匙》。主人公捡到钥匙，继而寻找锁孔的冒险故事，很容易吸引读者。故事后半部分，梦境与现实交织的写法也非常有趣。改写时，我对命案的部分感到很棘手。我担心如果让主人公卷入命案的话，读者会觉得过于凑巧。虽然我想过只挑出和钥匙有关的冒险，不提及命案，改写成类似于《伴我同行》①的故事，但是我又希望尽可能保留原作的情节发展。纠结再三，改写的结果就是书中这一篇。为了避免让读者感到巧合太多，我把犯人的出场提前了。

这篇作品也许算是书中的异色之作，因为其中出现了命案。我在《便利店日和!》中才谈到伦理观之类，在这个故事里又轻描淡写地杀了几个人。真对不起。说句题外话，如果让我以前作品中被杀的角色聚在一起，在那个世界进行座谈会，并结集成书的话，应该蛮有意思的。有人愿意写写这个题材吗？

---

① 《伴我同行》(Stand by Me): 1986 年上映，由罗伯·莱纳执导。影片讲述了四个少年的冒险故事。

这个故事中，我想让凶手对"你"说话，最后由"你"推导出结局，这种写法果然太勉强了吧。但是，明知如此，我还是忍不住这样写了。总而言之，光是"寻找锁孔"本身已经十分具有故事性了。

《王国之旗》

怜人的《王国之旗》开头就非常引人入胜。但这个故事却是改写过程中最伤脑筋的。故事应该朝哪个方向发展呢？比如，读者会不会在意一开始的汽车是谁驾驶的？那么，能不能把司机设定成主人公的男友？我也考虑过干脆把这篇改写成推理小说，还做了大量笔记，直到实际动笔前，都没有放弃这个想法。然而，最终还是没有这样写。

原作充满童话气息，有些部分也让人联想到政治团体或宗教团体，具有独特的世界观。我就是喜欢这一点，才选择此篇的。如果改写成推理风格，会破坏那种固有的氛围。推理小说就是要把不可思议的事件清晰地描述出来，并给出符合逻辑的解释。然而，就这篇作品而言，还是保留梦幻的意境比较好。最初读完原作时，我认为这是主人公与阿蜜（即梦境）、橘敦也（即现实）之间三角关系的故事，可能是我想太多了吧。不过，我改写时尽量保留了这种结构。

我以前很少写这种类型的作品。平常，我老是写偏向悬疑风格，并有明确结局的故事，我也一直很烦恼会不会陷入模式化的瓶颈。所以，写出这篇作品让我感觉自己好像有所成长。

　　女主角登场时就有男朋友，这种设定在我以往的作品中也很少出现。我也用其他笔名写过恋爱小说，但那里的主人公都很害怕异性。

《白色足迹》

　　多夏的原作《积雪讯息》是企划第二次募集中收到的稿件。但是当时没有立刻采用，因为与我过去作品的风格有些类似，很像我会写的内容，难以产生改写的欲望。而且，我也不知道在雪地上交流这种设定怎样才能写得更有趣。

　　但是，我始终认为这个故事的构想很棒。企划的最后一次征集有些波折，最后决定将之前所有投稿作品都放进候补名单。若是只考虑故事的构想是否优秀，那么这篇作品不容忽视，最后我选择了它。改写后没有在网上发布，而是直接收入本书。因为是压轴之作，我还贪心地塞入很多元素。

　　我没有自信只凭雪地上的交流展开整个故事，所以又加入留下鞋印的情节，让角色行走、追逐，充满动感。那么，如果两个主人公分别位于不同的小镇，故事就不好进行了，因此出现了平行世界的设定。而且，我希望读者特别注意到文善寺町这个小镇，所以特意在最后一篇作品中，把前几个故事发生的舞台文善寺町放到主题的位置，加以突出。

说起来，推理小说中不是常有通过雪地上的鞋印破案的情节吗？我一直想试着写写类似的故事，这次如愿以偿，所以写得非常开心。

顺带一提，本书的标题是在推特上征集的，想出这个出色书名的是悠马。非常感谢。写作时，我的确有种创造一个小镇，或者一个箱庭的感觉。所以，这个书名再合适不过了。最后，我想向参加企划的每个人致谢，感谢大家的支持！

二〇一一年某月某日　著者·乙一

解　说
阅读与创作的某些答案
——关于《箱庭图书馆》

文=卧斧

《箱庭图书馆》的成书过程十分特别。

2008 年，日本出版社集英社在自家网站 "RENZABURO" 推出
"乙一小说重生工厂" 企划，请网友投稿 "未被采用的短篇小说"。
乙一从中挑选出六篇作品，改写之后集结成书。书名则在推特上向
网友征集，最后选出定案。有趣的是，虽然出处各异，但经过乙一
的修改，这些作品皆呈现出相同的主题；乙一不止修润文句或重整
节奏，而是把投稿的原始短篇当成框架或构思原点，重新写出属于
自己的故事。

这种手法，从第一篇《小说家创造法》中就可看出端倪。

小说家太一被读者问及 "开始写小说的契机"，并在自己作品
的 "后记" 中写下自己小学轮到值日工作时如何在班级日志上开始
创作的故事——这是《小说家创造法》故事的伊始。随着情节在现
实与这篇 "后记" 之间交叉跳跃展开，读者逐渐明白：太一小学时

创作使用的笔记本上其实写满了同学们的恶意攻击，而非当年太一的创作尝试；但这本笔记的确成为太一持续创作的动力，因为他深深明白，当一个人无法见容于自己身处的环境、厌恶周遭一切却又遍寻不着助力的时候，清楚地将心中的想法书写出来不但能让他者了解自己，而且具有治愈的力量。

书写出来的文字可以伤人，也可以救人。

在最后一篇《白色足迹》中也能看到这样的主题。这个故事有两个身处平行世界的主人公，分别用第一人称方式交替叙述。因为身处平行世界，所以两人看不到彼此，却因某种原因发现了彼此的存在，并在积雪上留下文字，相互协助。《白色足迹》容易让人联想起乙一的早年作品《只有你听到》，乙一也说过，这篇投稿很像自己会写的题材，所以本来并不打算挑来改写，但他改写之后呈现的样貌精准地诠释了文字所能产生的力量——创作无法直接改变世界，《小说家创造法》里的故事改变不了太一小时候被欺凌的事实，《白色足迹》中的雪地留言也撼动不了平行世界的架构，但创作可以改变人，一旦人产生变化，世界就会跟着被一点一点地改变。

第三篇《青春绝缘体》则将书写与阅读并置。

与群体格格不入、不擅交际的主人公和学姐，在高中社团里意外地能够自在交谈。阅读是一件私密的事，不像听演唱会或看电影。两个以上的人一起读书，即使读的是同一本书，阅读的速度和关注的焦点也会完全不同。随着情节的展开，主人公与学姐交谈的真实面貌渐渐浮现——这种看似日式青春喜剧的场景，其实是两人在有意无意间共同表演出来的，并不全是两人的真实个性。要再进一步相互了解，就要靠"书写"，以及借助"书写"引发的一连串对"现实"的追问；主人公因此而发现学姐在社团之外拥有另一副面孔，最后绕了一个大圈，才发现自己与学姐携手前进的可能性。

书写有时会反过来让人认识自己，而阅读则会让自己打开另一个世界的门。

第四篇《奇境》，看起来与阅读或书写没有直接关系，实际上仍埋设了同样的主题。《奇境》描述一个品学兼优的孩子无意间捡到一把钥匙，开始到处寻找对应的钥匙孔，因此而目睹凶杀案发生的现场。"到处探险却意外发现凶杀案"是一种斧凿痕迹非常明显的设定，放在创作中并不见得讨巧，但乙一用双线并进的叙事避免了阅读上的这种尴尬，"到处寻找钥匙孔"的过程（包括主人公在梦中找到了正确的门并将其打开）成为自主阅读的暗喻。主人公是个用功且优秀的学生，但如果只读教科书，那么对世界的认知将是不充分的，他与同学之间的交往只是建立在"可以把写好的作业借给同学抄袭"这样的基础上。捡到钥匙、四下寻找的过程扩大了主人公对生活周遭市镇的认识；撞见凶案现场让他明白：世界并不是把标准答案从教科书里找出来写进考卷就能一切顺利的稳当环境，而是充满未知与恶意的现实。这个故事的最后翻转带来令读者惊奇的结局，同时也告诉读者，图书馆员的推测其实才是真相。

同样将代表"创作"或"阅读"的图书馆放进结尾背景的，还有两篇作品。

书中的第二篇《便利店日和！》是一出十分有趣的黑色喜剧，看似在便利店打工的主人公和学妹遇上入店抢劫的匪徒，警察上门购物时，两人在劫匪的胁迫下协助其掩护，过程很搞笑，到了结局之前，读者才发现原来主人公和学妹并不是打工店员，而是先此劫匪一步打算劫店的另一组劫匪。第五篇小说《王国之旗》格调迥异，带着恐怖童话的色彩，还有史蒂芬·金短篇小说《玉米田的孩子》般的氛围，描述主人公进入孩子们的夜间王国，被囚后逃脱的经历。这两篇故事的主要情节里都没有"创作"或"阅读"，但都在结局时切入了图书馆的环境：《便利店日和！》的主人公和学妹都在图书馆工作，离开时遇上改过自新的抢匪；《王国之旗》的主人公在图书馆的儿童涂鸦中发现夜间王国的标识，暗示她所的历险并非梦境。无论是推理悬疑还是奇幻科幻，所有的故事其实都发生在现实之中，只是经由创作以另一种面貌展现在读者面前——选择图书馆这个集创作与阅读于一体的场景，乙一意有所指。

使用"图书馆"作为书名的另一个原因，自然是出于对全书主题统一的考虑。

短篇小说集倘若只搜集到足够篇幅的故事就集结成册，未免有点遗憾。一本书无论是长篇还是短篇，都应有一个核心主题，能够贯串全书，提供这些故事在同一本书里出现的理由，让书中的各个故事成为不可替代的组件之一。乙一所使用的方式，除了直接或间接地提及"阅读"与"书写"、安排图书馆这个象征性场景之外，也让几个相同的角色在不同的故事中登场；于是在阅读全书时，读者也便能从个别的短篇中连缀出角色的人生际遇，让《箱庭图书馆》不只是可以单篇独立阅读的故事，也是一部拥有完整主题的小说。

"箱庭"在日语中有"微型造景"或"盆景"之意，同时也代表一种心理疗法。

这个疗法也被称为"沙盒"或"沙盘"疗法。借助一个标准尺寸、标准颜色的沙盒和其他一些小道具，受试者利用这些小道具在沙盒中创建自己的场景，观察者则依据成品推断受试者的精神状态。创作其实是另一种形式的"箱庭"，未被采用的短篇显露了其作者在创作技法上的某些不足，乙一的改写则既示范了创作技法，也利用这些"道具"另建了自己的"箱庭"。对读者而言，它们变成了更好看更流畅的故事；对创作者而言，它们暗示了持续的阅读与创作才是让自己的作品更上一层楼的不二法门。

乙一的箱庭是一座图书馆。这里收藏关于阅读与创作的某种答案。

译后小记

《箱庭图书馆》的"箱庭"要不要加注释，我一直不确定，可是要意译成"盆景"也不太好吧？所以就这么直译了。以及，最后一篇故事里有些写在雪地上的文字，我觉得用其他字体隔开比较好，虽然原著里都是一样的字体，但是有时会让人看得很糊涂。

　　再有就是，这本书果然是白乙一的作品，黑乙一的书我看着略害怕（包括他用笔名写的那些）。

　　这本书超级治愈，我想每个爱书的人大概都会有很多共鸣吧？作者自己似乎也写进了很多情怀，他后记提到写了自己心里的阴暗面什么的。我倒觉得那不算什么阴暗面，如果写作还有发泄各种情绪的功用，也算是一种自我治愈的手段。

　　不知从什么时候起，喜欢读书似乎都成了一件说不出口的事呢。像书里的爱书的人（铅字中毒患者）好像都是一些非现充的死宅（摊手），但是，他们最后都找到了幸福呢！

所以，还是要相信书的力量和爱情的力量，要是什么都不信，活着还有什么意思啊？！

二〇一五年四月某日　译者·潘璐

初出

集英社WEB文艺 "RENZABURO"

本书收录的作品，是从 "RENZABURO" 的读者参与企划

"乙一小说再生工厂" 募集到的投稿中，

由作者选出 "改写对象"，加以重新包装后的作品。

原稿如下：

《小说家创造法》·黄兔《蝴蝶与街灯》

《便利店日和！》》·泰《便利店日和！》

《青春绝缘体》·伊那蜜《青春绝缘体》

《奇境》·冈谷《钥匙》

《王国之旗》·怜人《王国之旗》

《白色足迹》·多夏《积雪讯息》

上述六篇读者投稿作品可在以下网站阅览

http://renzaburo.jp/8528